Lisi Harrison

GIRL STUFF

Küssen kann man nicht allein

Roman

Aus dem amerikanischen Englisch von
Sarah Heidelberger

SCHNEIDERBUCH

1. Auflage 2022
Deutsche Erstausgabe

Originaltitel: »Awkward Stuff«
Erschienen bei G. P. Putnam's Sons,
an imprint of Penguin Random House LLC, New York
Published by arrangement with Rights People, London
Gesetzt aus der Palatino
von GGP Media GmbH, Pößneck
Druck und Bindung: Druckerei C.H.Beck, Nördlingen
Printed in Germany · ISBN 978-3-505-15017-3

www.schneiderbuch.de
Facebook: facebook.de/schneiderbuch
Instagram: @schneiderbuchverlag

Wie ein paar von euch vielleicht mitbekommen haben, war »Girl Stuff – Mädchen gewinnen gegen Jungs« meinem Schwarm Wyatt gewidmet. Voll süß, was? Nee, null! In besagter Widmung habe ich nämlich auch geschrieben: »Ich hoffe, wir sind noch zusammen, wenn es erscheint. Alles andere wäre so peinlich, dass ich ein eigenes Buch darüber schreiben müsste.« Et voilà, hier ist es.

Du: Heißt das, du bist nicht mehr mit Wyatt zusammen?
Ich: Lieb, dass du fragst. Aber doch, wir sind noch ein Paar.
Du: Jetzt kapier ich gar nichts mehr, Lisi. Du hast doch gesagt, dass …
Ich: Ich weiß, was ich gesagt habe. Aber der Verlag und ich fanden die Vorstellung einfach zu schön, ein Buch darüber zu schreiben, in was für peinliche Situationen man geraten kann, wenn man verliebt ist. Also hab ich's getan.
Du: Das ist irgendwie peinlich.
Ich: Stimmt. Peinlichkeiten sind mein Spezialgebiet. Immerhin hab ich ein ganzes Buch darüber geschrieben.

Viel Spaß!
XOXO

1. KAPITEL

Zuletzt hatte Fonda Millers Mutter ihren Töchtern an einem Schultag Frühstück gemacht, als … hm. War das überhaupt schon mal vorgekommen?

Joan war Professorin für Feminismuswissenschaften und fest davon überzeugt, dass ihre Töchter ein Recht darauf hatten, selbst über ihren Körper zu bestimmen. Doch an diesem Freitagmorgen im November bestand sie darauf, dass sie sich alle gemeinsam an den Küchentisch setzten und Chiapudding aßen. Ausgerechnet.

Sie selbst stand währenddessen am Tresen, mahlte Kaffeebohnen und summte vor sich hin, als sei es das Normalste der Welt, anderen Leuten Entscheidungsfreiheit zu versprechen und sie dann zu zwingen, Chiapudding zu essen.

Glücklicherweise brauchte Fonda die Erklärung nicht selbst aus ihr herauszuquetschen. Denn wozu hatte man schließlich große Schwestern? Winfrey war sechzehn, Amelia vierzehn, und Fondas Alter war unbedeutend. *Sie* war unbedeutend. Jedenfalls sobald ihre Schwestern auftauchten. Also konnte sie genauso gut den Mund halten und Winfrey und Amelia die Arbeit machen lassen.

»Ich tippe auf KTS, richtig, Joan?«, fragte Winfrey auch direkt. Die Wellen waren der Wahnsinn, alle ihre Freunde waren am Strand, und ihre AVVW (Angst vor verpassten Wellen) wuchs mit jeder Minute, die sie vor ihrem Chiapudding saß.

»KTS? Was soll das denn nun wieder heißen?« Die dunkelrote Lockenwolke, die Joans Gesicht umgab, wippte, als sie sich zu ihren Töchtern an den Tisch setzte.

»Krankheit, Tod und Scheidung«, erklärte Amelia, die bereits ihre rosa verspiegelte Sonnenbrille aufgesetzt hatte. »*Die* drei lebensverändernden Einschnitte überhaupt. Also, was davon ist es?«

»Scheidung?«, schnaubte Joan verächtlich. »Dafür müsste ich erst mal heiraten, und ich würde im Leben nicht …«

Amelia schnappte nach Luft. »Dann bist du krank?«

»Nein, Amelia, ich bin nicht krank, und tot offensichtlich auch nicht. Ich halte am kommenden Samstag einen Vortrag bei einer wichtigen Dinner-Gala in Los Angeles. Sie wird von einem Institut veranstaltet, das sich für das Recht auf freie Meinungsäußerung einsetzt.«

»Klingt für mich, als wärst du mindestens scheintot«, murmelte Winfrey.

»Das Thema lautet *Aufstehen gegen Geschlechtervorurteile*, falls es jemanden interessiert.«

Tat es nicht.

»Wie lang bist du weg?«, fragte Amelia.

»Von Samstagnachmittag bis Sonntagabend.«

»Und du musst die ganze Zeit stehen?«

Fonda kicherte, weil … echt jetzt. Amelia ging in die Neunte und hätte wissen müssen, dass *Aufstehen* in diesem Zusammenhang bedeutete, dass man eine Sache unterstützte, an die man glaubte.

Winfreys Gesichtsausdruck verfinsterte sich. »Ähm, kurze Frage, J.«

Joan verschränkte die Arme vor der Brust, was darauf schließen ließ, dass sie zwar bereit war, sich die Frage anzuhören – aber nicht, zu verhandeln.

»Ich weigere mich, weiter von Sari Poppins gebabysittet zu werden.«

»Es heißt nicht *gebabysittet*, sondern *babygesittet*, und außerdem ist ihr Name Sari *Sullivan*.«

»Joan. Wenn eine fidele britische Lady bei 25 Grad und Sonnenschein mit Regenschirm unterwegs ist und mit einer Handtasche voller Strickzeug hier aufkreuzt, muss sie mit dem Spitznamen rechnen.«

Joan musterte ihre Töchter eindringlich. Und dann sagte sie: »Du hast recht. Es ist an der Zeit.«

»An der Zeit?«, fragte Fonda mit hämmerndem Herzen. »Wofür?«

Joan atmete tief durch und wandte sich an Winfrey. »Du wirst im Januar siebzehn, und …«

»… du schenkst mir endlich das gelbe Mini-Cooper-Cabrio?«

»Nein«, sagte Joan.

»Dann ein gelbes Mini-Cooper-Cabrio *mit* Dachträger für meine Surfbretter?«

»Ein Cabrio mit Dachträger?« Fonda lachte. »Wie soll denn das gehen?«

»Hier geht es gerade nicht um ein Auto«, fuhr Joan ungerührt fort, »sondern um den kommenden Samstag.«

»O nein. Vergiss es. Mich bekommen keine zehn Pferde zu deinem Vortrag.« Fonda nahm die Serviette von ihrem Schoß und stand auf.

»Wo willst du hin?«

»Ich stehe auf für meine Freiheit.«

Amelia nahm die Sonnenbrille ab. »Ich dachte, dafür muss man nicht stehen.«

»Und ums Stehen geht es hier *ebenfalls* nicht«, bemerkte Joan. »Ich überlege, ob ich euch Mädels zum ersten Mal allein lasse.«

Winfrey sprang auf. »Du überlässt mir die Verantwortung?!«

»Yessss!!!« Amelia sprang ebenfalls auf, und die beiden Mädchen schlossen Joan in eine stürmische Umarmung, die Fonda an einen Würgegriff erinnerte.

»Wow, da freut sich aber jemand, dass ich wegfahre.« Joan versuchte, die Arme zu heben und die Umarmung zu erwidern, aber der Würgegriff war zu fest.

»Ich nicht«, meldete sich Fonda zu Wort. Sie freute sich kein bisschen. Weil Winfrey nämlich die totale Tyrannin sein würde.

Hätten sie doch nur einen Dad gehabt, der in solchen Situationen einspringen konnte. Aber nein, ihr Vater musste ja ein mysteriöser Samenspender sein, der laut Katalog der West Coast Cryobank griechische Mythologie, sein Medizinstudium und seine Großmutter mütterlicherseits liebte.

Endlich gelang es Joan, sich zu befreien. »Bitte setzt euch wieder. Das ist kein Freifahrtschein, um tun und lassen zu können, was ihr wollt, sondern eine Gelegenheit, mir zu beweisen, wie reif und verantwortungsbewusst ihr seid.«

»Keine Angst, Joanie. Ich sorge dafür, dass Amelia um neun zu Hause ist und Fonda um acht im Bett liegt.«

»Was? Nein!« Fonda wandte sich an ihre Mutter. »Ich muss doch erst um zehn ins Bett!«

»Wenn du ein Problem hast, solltest du dich an mich wenden«, sagte Winfrey. »Ich bin hier jetzt der Chef.«

»Nein, bist du nicht«, korrigierte Joan. »Während meiner Abwesenheit ist jede von euch für sich selbst verantwortlich. Aber wenn alles glatt laufen soll, müsst ihr natürlich aufeinander achtgeben und zusammenhalten.«

Fonda sank in sich zusammen. Aufeinander achtgeben? Zusammenhalten? Pfft. Zusammen, das bedeutete für Winfrey und Amelia zwei gegen eine. Und zwar sie beide gegen Fonda.

Ihre einzige Möglichkeit, sich in Sicherheit zu bringen, bestand darin, zu flüchten. »Ich übernachte dann wahrscheinlich bei Ruthie oder Dr…«

Bonk! Ein Vogel flog gegen die Schiebetür aus Glas. Die Mädchen kreischten.

»O nein!«, rief Joan. »Das ist schon der dritte Fink diesen Monat!«

Fonda stiegen die Tränen in die Augen. Der arme kleine Kerl. Sie wusste genau, wie es sich anfühlte, einfach durch die Gegend zu schwirren, und *Bumm!* knallt man ohne jede Vorwarnung gegen ein unerwartetes Hindernis und landet auf der Nase. Winfreys Beförderung zur »Chefschwester« war das perfekte Beispiel.

Joan schnappte sich ihre Spülhandschuhe und hastete nach draußen. Kaum hatte sich die Tür hinter ihr geschlossen, breitete sich auf Winfreys Gesicht ein teuflisches Lächeln aus.

»Was ist reifer und verantwortungsbewusster?«, flüsterte sie Amelia zu. »Wenn unsere Party um sieben oder um acht losgeht?«

»Sieben, würde ich sagen.«

Winfrey trank den Kaffeebecher ihrer Mutter leer und knallte ihn auf den Tisch. »Dann also um acht.«

»Ihr feiert eine Party?«, fragte Fonda. »Während Mom *weg* ist?«

»Also, während sie hier ist, jedenfalls nicht.«

Fonda rutschte das Herz in die Hose. »Und was, wenn sie es rausfindet?«

»Das kann nur aus einem Grund passieren, und der trägt gerade meinen alten Denim-Jumpsuit und bildet sich ein, ich würd's nicht merken.«

»Du glaubst, ich petze?«

»Nein, ich glaube, dass du ein paar Leute einlädst und was anziehst, in dem du nicht aussiehst wie ich vor zwei Jahren.«

»Moment mal.« Fonda musterte ihre Schwester ungläubig. »Ich darf mitfeiern?«

Ihre Schwestern nickten.

»Und Leute einladen?«

Wieder ein Nicken.

Fonda sprang so plötzlich auf, dass ihr Stuhl umkippte. Ava G. mochte die erste Jungs-Mädchen-Party der Achten geschmissen haben, aber sie, Fonda, würde die erste elternfreie Jungs-Mädchen-Party mit Schülern von der Highschool schmeißen. Und damit in ihrer Jahrgangsstufe zur Legende werden.

Klar ließen ihre Schwestern sie nur mitmachen, damit sie Joan nichts erzählte. Aber irgendwo musste man ja anfangen. Und dieses Irgendwo befand sich in Fondas Fall zufällig ganz weit oben.

»Fröhlichen Freitag!« Beverly lächelte. Die Zähne der Krankenschwester hoben sich grellweiß von ihrer Haut ab, die für November viel zu gebräunt war. »Glückwunsch, ihr habt die erste Woche unserer Puber-Tee-Stunde überstanden.« Sie hob mit abgespreiztem kleinem Finger die antike Porzellantasse ihrer Urgroßmutter und nahm ein winziges Schlückchen. »Gute Arbeit, meine Damen, gute Arbeit.«

Die fünfzehn Schülerinnen der Poplar Middle hoben ebenfalls ihre Oma-Tässchen und nippten an ihrem lauwarmen Tee mit Beerenaroma. Die Gastlehrerin gab sich alle Mühe, den Aufklärungsunterricht so unpeinlich wie möglich zu gestalten. Aber die beiden einzigen Menschen, in deren Gegenwart Fonda Gespräche über »Brustknospen«, »Pfirsichflaum« und »natürliche Bedürfnisse« führen konnte, ohne vor Scham im Boden versinken zu wollen, waren ihre beiden Nachbar-Besties. Leider hatten die Nesties diesmal Pech gehabt: Drew war in Schwester Beverlys Nachmittagskurs gelandet, und Ruthie und ihre Freunde aus der Talent-Sonderförderung wurden wie so oft getrennt von den anderen Schülern unterrichtet. Glücklicherweise konnte Fonda sich mit der Planung ihrer elternfreien Jungs-Mädels-Highschool-Party von Schwester Beverlys Vortrag über »die Wissenschaft der Körpergerüche« ablenken. Nun tat sie so, als würde sie fleißig mitschreiben, während sie in Wahrheit an ihrer Gästeliste arbeitete.

Als Winfrey gesagt hatte, sie könne »ein paar Leute« einladen – wie viele genau hatte sie da gemeint? Drei? Zehn? Dreißig? Fonda hatte nämlich jetzt schon fünfzehn Namen zusammen, und da waren Ruthies Freunde aus der TSF noch gar nicht miteingerechnet.

»AUA, MEIN BH-TRÄGER ZWICKT!«, rief ein Junge im Vorbeigehen durch die offen stehende Klassenzimmertür. »ICH BRAUCH DRINGEND EINEN TAMPON!«

Er hatte seine Stimme zu einem schrillen Kreischen hochgeschraubt, das er offenbar für mädchenhaft hielt, aber Fonda wusste trotzdem genau, um wen es sich handelte.

Egal, wie viel Mühe sich Henry Goode gab, seine Stimme zu verstellen – sein tiefes Krächzen, das Schwester Beverly damit erklärte, dass der Kehlkopf von Jungs in diesem Alter so schnell wuchs, war unverwechselbar. Aber vielleicht erkannte Fonda seine Stimme auch nur deshalb, weil Henry, Owen und Will seit ihrer Klassenfahrt nach Catalina Island vor drei Wochen ständig mit den Nesties rumhingen. Was erklärte, wieso die anderen vierzehn Mädchen Fonda gerade kichernd beäugten, als sei sie höchstpersönlich verantwortlich für Henrys Sprüche.

Mit brennenden Wangen konzentrierte sich Fonda auf die Gästeliste und versuchte, mit purer Willenskraft die Röte aus ihren Wangen zu vertreiben. Offenbar dachten alle hier, dass sie mit Henry zusammen war. Aber … stimmte das denn? Klar, die Clique ging ein paarmal pro Woche nach der Schule zu Van's Pizza oder ins Fresh & Fruity. Und meistens saßen Henry und Fonda dann nebeneinander und stritten beispielsweise darüber, ob die roten Lakritzstangen von Twizzlers oder Red Vines besser waren und dünner Pizzarand oder dicker, und ob Hunde aus anderen Ländern mit Akzent kläfften. Aber ihre Streitereien waren nie ernst, und gerade erst vor ein paar Tagen hatte sie gehört, wie Ruthie Drew zuflüsterte: »Was sich neckt, das liebt sich.« Aber hieß das gleich, dass sie zusammen waren? Musste man sich nicht vorher einigen, um zusammen zu sein? Und machten Leute, die zusammen waren, nicht auch Sachen nur zu zweit, ohne ihre Clique?

Nicht, dass Fonda was dagegen gehabt hätte, dass man sie fälschlich für Henrys Freundin hielt. Dadurch fühlte sie sich erwachsen und mutig, bewundert und respektiert. Als sei sie Teil einer Geheimgesellschaft, in die nur Mädchen mit Erfahrung aufgenommen wurden, die aus irgendeinem Grund wussten, wie das mit den Jungs funktionierte. Dabei war Fonda Henry noch nie näher gekommen als auf Catalina Island, wo sie ihn in der Kletterhalle am Bein festgehalten hatte, um seinen Absturz zu verhindern, was dazu geführt hatte, dass sie am Ende *beide* abstürzten. Natürlich nur im wörtlichen Sinn.

Trotzdem hatte sie nicht vor, ihre kichernden Mitschülerinnen zu korrigieren. Ein bisschen Politur für ihr Image konnte nicht schaden, und es war ja nicht so, dass sie dafür lügen musste.

»Aber genug über Bakterien und Unterarm-Eiweißmoleküle«, sagte Schwester Beverly. »Jetzt wird's megapeinlich.«

Fonda verzog das Gesicht. Das Peinlichste an Schwester Beverlys Vorträgen waren ihre Versuche, wie eine Dreizehnjährige zu klingen.

»Gestern habe ich euch gebeten, anonym Fragen bei mir einzureichen, die euch so peinlich sind, dass ihr sie nie laut stellen würdet. Und? Seid ihr bereit für die Antworten?«

Ein Ruck ging durch die Runde, alle Mädchen richteten sich auf. Fonda dagegen sank in sich zusammen. Anfangs hatte sie geschrieben: *Ich hatte immer noch nicht meine Tage. Wie kann ich das Ganze beschleunigen?* Aber dann hatte sie

Angst bekommen, die anderen würden sofort wissen, dass die Frage von ihr stammte, weil die meisten Mädchen in ihrer Jahrgangsstufe ihre Tage längst hatten. Also war sie umgeschwenkt auf *Halten Sie Tagetäschchen für sinnvoll?*

Fonda hoffte, dass Schwester Beverly daraufhin sagen würde: »Tagetäschchen? Davon habe ich ja noch nie gehört!«

Woraufhin Fonda erklären würde: »Das ist ein niedliches kleines Reißverschlusstäschchen mit allem drin, was man braucht, wenn man seine Tage hat.«

»Und was wäre das?«

»Nun, Schwester Beverly, natürlich Binden, frische Unterwäsche, Ibuprofen, Reese's Pieces … so was eben.« Dann würde Fonda ihr Tagetäschchen aus ihrem Rucksack holen, und die gesamte Klasse wäre tief beeindruckt.

Nur dass nichts davon geschah. Stattdessen zog Beverly eine Karteikarte aus einer Asics-Schuhschachtel und las vor: »Immer, wenn ich mit einem Jungen knutsche, bekomme ich keine Luft mehr. Manchmal halte ich die Luft auch einfach an, aber dann habe ich das Gefühl, ich ersticke gleich. Was soll ich machen?« Beverly knüllte die Karte zusammen und lehnte sich an die Tischkante des Lehrerpults. »Super Frage, Anonymus.«

Die Besties Ava G. und Ava H. klatschten sich unauffällig ab. War ja klar, dass die Frage von ihnen kam. Und doppelt klar, dass sie beide schon mal geknutscht hatten. Wie offenbar alle hier, weil die Mädchen um Fonda herum anfingen, im Flüsterton Erfahrungen auszutauschen.

»Das Geheimnis lautet: keine Nasenatmung«, flüsterte Kat Evans, eine quirlige Turnerin mit fröhlich wippendem Pferdeschwanz. »Man muss den Atem anhalten und immer wieder kurz nach Luft schnappen, wie ein Fisch.«

»Quatsch, natürlich muss man durch die Nase atmen«, flüsterte Ava R. zurück. »Nasenatem riecht viel besser als Mundatem.«

Toni Sorkin, Vizepräsidentin des Schülerrats, warf ein: »Aber das ist doch derselbe Atem. Glaubt mir, ich weiß, wovon ich rede. Noah Sutures Nasenluft riecht genauso nach Ei wie seine Mundluft.«

Fonda sank noch weiter in sich zusammen. Hatten diese Mädchen echt alle schon mal einen Jungen geküsst?

»Falls jemand wissen will, was eine ausgebildete Spezialistin dazu zu sagen hat, nur zu: Fragt mir gern Löcher in den Bauch«, unterbrach Schwester Beverly das Getuschel geduldig, aber so, dass man ihr trotzdem einen Anflug von Genervtheit anmerkte.

Doch niemand fragte sie irgendwas. Erstens, weil sich keins der Mädchen vorstellen wollte, wie Schwester Beverly jemanden küsste. Zweitens, weil das mindestens hundert Jahre her sein musste und sich seitdem bestimmt viel geändert hatte.

Allerdings wanderten die Blicke vieler Mädchen jetzt zu Fonda, die ihrer Meinung nach bestimmt einen wertvollen Beitrag zur Diskussion leisten konnte. Immerhin war sie doch mit Henry zusammen, oder? Da mussten sie bestimmt auch schon geknutscht haben, richtig?

Falsch.

Bisher waren sie ja noch nicht mal miteinander allein gewesen! Außerdem hatte Fonda keinen blassen Schimmer, wie sie beim Knutschen atmen sollte. Allerdings hatte sie nicht vor, das zuzugeben. Stattdessen hob sie nur einen Finger an die Lippen wie ein Mädchen, das fand, dass man sich über bestimmte Dinge besser ausschwieg.

Schwester Beverly fing derweil an, eklige Ratschläge darüber zu erteilen, wie man einen gemeinsamen Rhythmus mit seinem Partner fand und gemeinsam atmete. Fonda musste sofort daran denken, wie hysterisch sie und Henry hatten lachen müssen, als sie sich nach ihrem Sturz in der Kletterhalle auf den Matten herumwälzten. Dabei hatten sie jedes Mal im selben Moment nach Luft geschnappt. Theoretisch hatten sie die Sache mit dem gemeinsamen Atemrhythmus also drauf, was bedeutete, dass sie vermutlich auch beim Knutschen gut zurechtkommen würden. Was wiederum bedeutete, dass sie es ausprobieren und danach über die Mund-Nasen-Atmungsfrage diskutieren konnten. Aber *wollte* Henry sie denn überhaupt küssen? Und falls ja, wie sollte sie es herausfinden? Vielleicht mussten sie vorher einfach reden. Aber was dann? Wer machte bei so was den ersten Schritt? Und wenn sie erst mal angefangen hatten, woran erkannten sie, dass sie wieder aufhören sollten? Was, wenn Fonda zu atmen vergaß und erstickte? Schon bei dem bloßen Gedanken bekam sie keine Luft mehr.

Jetzt hinkte sie nicht nur mit ihren Tagen hinterher, sondern auch mit dem Küssen.

Es musste was passieren. Und zwar schnell.

2. KAPITEL

Ruthie Goldmans Zimmer an einem trüben Freitagnachmittag. Trockenobst zum Knabbern. Elton John auf dem altmodischen Plattenspieler. Ruthie lehnt an den Kissen in ihrer Leseecke. Neben ihr: ihr intellektueller Seelenverwandter Owen Lowell-Klein. Um sie verstreut liegen Ausgaben der Zeitschrift Time, *die bis ins Jahr 1987 zurückgehen.*

Konnte das Leben schöner sein? Ruthie bezweifelte es. Falls doch, wollte sie es lieber nicht herausfinden, weil sie dann vermutlich explodiert wäre.

Am Montag, nur eine Woche nach seiner Bewerbung, war Owen in die Talent-Sonderförderung der Poplar Middleschool aufgenommen worden. Und zu Ruthies größter Freude gedieh er dort prächtig.

Damit die anderen Mitschüler ihn besser kennenlernten, hatte ihre TSF-Lehrerin Rhea ihn gebeten, eine Collage von seiner Gedankenwelt anzufertigen, damit die Titanen und sie sich ein Bild davon machen konnten, wie er tickte. Dazu brauchte er nur den Umriss seines Kopfes auf ein Blatt Papier zu zeichnen und ihn mit Bildern von Dingen zu füllen, die ihn beschäftigten. Das Schwierige für Owen war eher, irgendwelche Magazine zum Ausschneiden aufzutreiben. Seine Mutter las nur Liebesromane, und sein Vater pflegte einen papierfreien Lebensstil. Deswegen hatte die turmhohe *Time*-Sammlung der Goldmans Owen praktisch das Leben gerettet.

»Sieht toll aus«, sagte Ruthie, als sie die Collage begutachtete. Sie beinhaltete unter anderem Fotos von Pfadfinderinnenkeksen, Audrey Hepburn, Anzügen von dem Edel-Herrenausstatter Brooks Brothers, französischen Sehenswürdigkeiten, Franklin Delano Roosevelt, einer Trompete, der Erde und Wonder Woman.

Owen hielt die Collage hoch und musterte stolz das Ergebnis seiner Arbeit. »Könnte gut sein, dass ich der interessanteste Typ in der gesamten Klasse bin.«

»Angeber«, sagte Ruthie und knuffte ihn in den Oberarm, auch wenn sie insgeheim selbst der Meinung war, dass er eine riesige Bereicherung für das Förderprogramm war.

Owen verneigte sich in gespielter Demut. »Erwischt.« Dann verschränkte er die Arme vor der Brust, hakte die Daumen in die Achselhöhlen und legte den Kopf schief. Das war seine Denkerpose. »Hey, wie nennt man jemanden, der im TSF-Unterricht ständig einschläft?«

Ruthies Mundwinkel zuckten bereits, als könnten sie es gar nicht abwarten, endlich loszulachen. »Keine Ahnung. Wie denn?«

»Ein schlummerndes Talent!«

Ruthie lachte, aber nur kurz. Wenn sie nicht sofort einen drauflegte, musste sie ihre Niederlage eingestehen. »Wie nennt man jemanden, der einen Platz in der TSF bekommt, aber nie auftaucht?«

»Ein verborgenes Talent!«, rief Owen. »Und wie nennt man jemanden, der in die TSF geht und gern klettert?«

»Ein aufstrebendes Talent!«, rief Ruthie. »Und wie nennt man die kleinen Geschwister von TSF-Schül...«

»Nachwuchstalente!«

Verdammt, ist der gut!

Ruthie hob ein Blatt Papier vom Boden auf und wedelte damit herum.

»Was machst du da?«

»Ich hisse die weiße Flagge. Weil ich weiß, wann ich mich besser geschlagen geben sollte. Darin bin ich übrigens ein Naturtalent«, sagte Ruthie. »Du hast gewonnen.« Dabei war ihr letzter Spruch gar nicht mal so schlecht gewesen, was sie zumindest zur Ehrensiegerin machte. *Ha, gute Strategie, was?*

»Nicht schlecht, Mylady«, sagte Owen, obwohl seine Aufmerksamkeit bereits von der Pinnwand über Ruthies Schreibtisch gefesselt wurde, genauer von dem Bild, auf dem ihr zwei Lutscher wie Vampirzähne aus dem Mund ragten. Mit ihrem gebeugten Rücken und den gekrümmten Fingern sah sie aus wie ein Vampir mit Gichtanfall.

»Da hatte ich gerade *Nosferatu* geschaut«, erklärte Ruthie, ohne weiter ins Detail zu gehen. Owen wusste natürlich auch so, dass es sich bei *Nosferatu* um einen Schwarz-Weiß-Stummfilm aus dem Jahr 1922 handelte. Und dass es der erste Vampirfilm aller Zeiten war. Dass Owen solche Dinge wusste, war einer der vielen Gründe, warum Ruthie ihn so mochte.

Owen näherte sich der Pinnwand. »Darf ich?«

Ruthie zuckte mit den Achseln.

Er nahm die Reißzwecke ab und kehrte mit dem Foto in der Hand zu seiner Collage auf dem Boden zurück. Er hob die Schere, dann den Blick. *Darf ich?* fragte er erneut, nur diesmal stumm, wie in dem Film.

Ruthie nickte.

Owen warf sich eine Trockenaprikose in den Mund und schnibbelte drauflos. Immer, wenn er eine Kurve schneiden musste, legte er den Kopf schief, und wenn er sich konzentrierte, streckte er ein winziges bisschen die Zunge raus. Dabei hielt er das Bild so fest, dass seine Fingerspitzen weiß hervortraten.

Ein warmes Gefühl durchströmte Ruthie und breitete sich in alle Richtungen aus wie die Kreise auf einem See, wenn man einen Kieselstein hineingeworfen hatte. Hätte diese Wärme eine Farbe gehabt, dann die von Sonnenschein. Hätte sie ein Geräusch gemacht, dann das eines Windspiels. Hätte sie einen Namen gehabt, dann hätte er »Gefühl X« gelautet. Und wenn sich darunter niemand etwas vorstellen konnte, dann lag das daran, dass dieses Gefühl selbst für Ruthie bis gerade eben unvorstellbar gewesen war. Weil sie es vorher noch nie gehabt hatte. Solange sie es nicht ganz genau definieren konnte, würde sie es wie eine Algebra-Gleichung behandeln und es durch ein X ersetzen, bis die Gleichung gelöst war.

Als Owen fertig war, klebte das Bild von Ruthie in der Lücke zwischen Martin Luther King Jr. und Taylor Swift. »Voilà!«

Gefühl X war wieder da. »Ich hab es in die Kopf-Collage geschafft?«

Owen musterte sie überrascht und fragte erst: »Wieso denn nicht?«, und dann: »Würdest du mich denn nicht in deine aufnehmen?«

»Klar!«, rief Ruthie. Weil das natürlich absolut und ganz und gar der Fall war. Sie machten jeden Nachmittag zusammen Hausaufgaben und gingen abends mit Owens Hunden Franklin und Eleanor Gassi. Und hätte Ruthie nicht versehentlich ihr Smartphone im Pazifik versenkt, hätten sie sich zwischendrin die ganze Zeit getextet. Seit Ruthie denken konnte, waren Drew und Fonda ihre besten Freundinnen. Dann war sie in der TSF gelandet und hatte sich direkt mit Sage angefreundet. Aber Owen teilte ihre intellektuelle Neugierde und ihre Liebe zur Kunst, und das machte ihn zu etwas Besonderem.

»Ich find es toll, einen Freund zu haben!«

Owens Wangen liefen rosa an. »Echt?«

Ruthie rutschte dichter zu ihm und haute ihm klatschend die flache Hand auf den Oberschenkel. »Na klar! Du etwa nicht?«

Owens rosa Wangen verfärbten sich feuerrot. »Öhm …«

»Findest du es nicht toll, eine Freund*in* zu haben?«

Owen schob seine Kopf-Collage beiseite und strich sich seinen Legofiguren-Seitenscheitel zurecht. »Doch, klar finde ich das toll.«

»Gut«, sagte Ruthie. »Ich nämlich auch.«

»Ich auch«, wiederholte Owen.

»Und ich erst.«

Jetzt war Owen wieder dran, aber er grinste nur, statt etwas zu sagen. Es war ein verkrampftes Grinsen. Ein verblüfftes Grinsen. Ein X-Grinsen.

Vielleicht hatte er ja schmerzhafte Blähungen von dem ganzen Trockenobst. »Alles in …«

Plötzlich beugte sich Owen nach vorn, und eine unerwartete Gegenkraft presste sich auf Ruthies Lippen und unterbrach sie mitten im Satz. Die Gegenkraft war sanft und trotzdem stark, und sie roch nach Aprikose. Das war … Das war ja Owens Mund!

Mit klopfendem Herzen drehte Ruthie rasch den Kopf zur Seite und krabbelte rückwärts von Owen weg. »Was machst du denn da?«

Owen sprang auf und breitete entschuldigend die Hände aus. »Es … Es tut mir leid«, stammelte er und trat dabei verlegen von einem Bein aufs andere. »Als du gesagt hast, dass ich dein Freund bin, wusste ich nicht, was ich machen soll. Ob ich überhaupt was machen soll. Ob du willst, dass ich was mache. Na ja, und da hab ich eben …« Er haute sich gegen die Stirn. »Mensch, bin ich manchmal ein Dummdödel. Ich dachte einfach …«

»Schon okay«, sagte Ruthie und gab sich alle Mühe, dabei ruhig zu klingen, obwohl ihr Nervenkreislauf gerade einen heftigen Kurzschluss erlitten hatte. »Das war doch bloß ein Missverständnis. Aber nur, um das klarzustellen: Ich meinte, dass ich es toll finde, mit einem Jungen befreundet zu sein. Nicht, mit ihm zusammen zu sein.«

»Ja, das hab ich inzwischen auch kapiert«, schnaubte Owen. »Aber … Mensch, es tut mir echt so lei…«

»Schon gut.« Ruthie stand auf und legte ihm freundschaftlich die Hand auf die Schulter. »Ich kann total verstehen, wieso du das falsch verstanden hast.«

Er hob langsam den Blick. »Ach, echt?«

Ruthie nickte.

Owen seufzte auf. »Da bin ich aber erleichtert.«

»Erleichtert, dass ich dir verzeihe, oder erleichtert, dass ich keinen Freund-Freund will?«, fragte sie, ohne ganz sicher zu sein, welche Antwort sie lieber hören wollte.

Owen schüttelte ihre Hand ab. »Beides. Ich find es toll, mit dir befreundet zu sein. Aber diese ganze Freundin-Freundin-Sache?« Er schüttelte den Kopf. »Danke, aber nein danke.«

»Genau, danke, aber super nein danke.«

»Genau, super duper nein danke sogar.«

»Ich bin so froh, dass wir ehrlich zueinander sein können«, sagte Ruthie.

»Dafür sind Freunde doch da«, versicherte Owen strahlend.

»Und Freundinnen auch«, fügte Ruthie hinzu.

»Genau. Also so rein freundschaftlich.«

Ruthie und Owen wechselten ein Alles-wieder-gut-Lächeln, nachdem ihr peinliches Missverständnis Vergangenheit und ihre Freundschaft noch ein bisschen enger war als vorher. Sie hatten sich gegenseitig ehrlich die Meinung gesagt, und nun war ihre Vertrautheit tiefer denn je. Wie erwachsen war das denn bitte?

Die folgende halbe Stunde verbrachten sie damit, in einvernehmlichem Schweigen Bilder für Owens Kopf-Collage zurechtzuschneiden und aufzukleben. Hin und wieder summte Owen mit der Schallplatte mit, aber davon abgesehen sagten sie kaum etwas. *So* eng waren sie befreundet. Eng genug, dass sie keiner Worte mehr bedurften.

Die Stimmen in Ruthies Kopf aber redeten wild durcheinander. Sie stellte sich vor, wie sie Fonda und Drew von diesem witzigen Missverständnis erzählte. Wie die beiden kreischten, weil die Geschichte so peinlich und zum Wegschmeißen war. Sie stellte sich vor, wie sie einen kleinen Vortrag darüber hielt, wie stark man sich dabei fühlt, Nein zu sagen, weil man noch nicht bereit ist. Und sie stellte sich vor, wie Fondas Mutter Joan ihr dafür applaudierte, dass sie sich selbst treu geblieben war.

Vor allem aber stellte Ruthie sich vor, wie sie den Nesties sagte, dass sie sie in letzter Zeit wahnsinnig vermisste. Dass sie zu viel Zeit damit verbracht hatte, Owen dabei zu helfen, in der TSF Fuß zu fassen, und dass sich die Zeit, die sie mit ihren Nesties verpasste, niemals nachholen ließ.

Denn es war zwar toll, mit einem Jungen befreundet zu sein, aber mit ihren Freundinnen konnte er trotzdem nicht mithalten.

3. KAPITEL

»Will will mich küssen!«, verkündete Drew Harden, direkt nachdem sie Fondas Zimmer betreten hatte. Sie mochte zehn Minuten zu spät zu ihrem traditionellen freitäglichen Sleepover aufgetaucht sein, aber zur Wiedergutmachung hatte sie sensationelle Neuigkeiten mitgebracht.

»Das hat er echt gesagt?« Fonda sprang auf, um ihr Rucksack und Schlafsack abzunehmen, als befürchtete sie, dass das zusätzliche Gewicht Drews Antwort hinauszögern könnte.

»Oder hat er es einfach probiert?«, wollte Ruthie wissen. »Weil ich euch nämlich unbedingt etwas über Owen erz…«

»Dein Zimmer sieht irgendwie anders aus, Fonda. Ist hier was neu?« Drew wusste ganz genau, dass hier drinnen alles beim Alten war. Noch immer hingen dieselben Lichterketten an der meerschaumgrünen Decke. Noch immer brachten dieselben Zierkissen Farbe in Fondas ansonsten weißes Bett.

»Mein Zimmer sieht seit drei Jahren genau gleich aus. Das Einzige, was sich hier verändert hat, ist Will, der dich plötzlich küssen will. Also raus mit der Sprache! Komm schon, schieß los!«

Drew schaute runter zu Ruthie und den Schälchen voller Knabbereien, die um sie herum standen. »Bei Fonda gibt's immer die besten Snacks, oder?«

Ruthie packte Drew am Handgelenk und zog sie zu sich auf den Boden. »Schieß los jetzt!«

»Schon gut! Also, heute nach der Schule war ich mit Will bei ihm vor dem Haus skaten …« Sie stopfte sich eine Handvoll Party-Mix in den Mund.

»Das wissen wir doch schon«, sagte Fonda, während sie sich zu ihnen auf den Boden hockte. Ihr Flanellschlafanzug roch nach ihrem selbst gemischten Duftöl mit Vanille-Karamell-Aroma. »Los, mach mit dem spannenden Teil weiter.«

Drew kaute fertig und überlegte, was sie als Nächstes erzählen sollte. Wie sich Wills Vorderachse vom Board gelöst hatte, als sie den Canyon View Drive runterskateten? Und wie er mit dem Kinn zuerst auf dem Asphalt gelandet war? Und wie sie das Erste-Hilfe-Set aus ihrem Rucksack geholt hatte, das sie immer dabeihatte, weil sie später mal Krankenschwester werden wollte, und wie sie dann Wills Wunde versorgt hatte, während er den Kopf in ihren

Schoß bettete? Und wie er sich aufgesetzt hatte, als sie fertig war, ihr das Haar aus dem Gesicht strich und sagte: »Du bist wunderschön, Drew Harden. Innen und außen«? Und dass die untergehende Sonne sein Gesicht in orangefarbenes Licht getaucht hatte, als er Drew fragte, ob sie sein erster Kuss sein wollte? Und dass sie darauf geantwortet hatte: »Wie wär's mit erster, zweiter und dritter?«

Nein, vermutlich sollte sie wohl besser nichts von alledem erzählen. Erstens, weil es gar nicht passiert war, und zweitens, weil Drew sich für ihre Tagträume schämte. Die Nesties wussten genau, wie oft sie sich schon ausgemalt hatte, wie sie Will nach den verschiedensten Skate-Unfällen rettete und gesund pflegte. Nur dass diese Träumereien vom »verletzten Will« neuerdings auch einen Kuss beinhalteten.

Drew wollte Ruthie fragen, ob sie manchmal darüber nachdachte, Owen zu küssen. Oder Fonda, ob sie Henry küssen wollte. Aber was, wenn nicht? Sie wollte lieber gar nicht wissen, was die beiden dann über sie denken würden.

»Als wir fertig waren mit Skaten«, fuhr Drew fort, »sind wir zu Will in die Garage gegangen, um uns Wasser zu holen. Seine Garage ist übrigens total cool, mit einem Sofa und einem Fernseher, einer Xbox und …«

Ruthie gähnte. »Die Geschichte ist total langweilig. Jetzt komm mal zum Punkt.«

»Also, da hab ich ihn gefragt, ob er schon *Skater Girl* auf Netflix geschaut hat. Hatte er aber nicht. Also haben wir uns aufs Sofa gesetzt und den Film angemacht, und …«

»Wie dicht hat er neben dir gesessen?«, fragte Fonda.

»Er saß auf dem einen Kissen und ich auf dem anderen.«

»Dann war zwischen euch also die Ritze?«

Drew nickte.

»Hat er versucht, näher zu dir rüberzurutschen?«, fragte Ruthie.

»Nein, aber er wollte seine Wasserflasche in den Mülleimer werfen und hat nicht getroffen. Da ist er aufgestanden, um sie aufzuräumen, und als er sich wieder hingesetzt hat, war er dichter neben mir als vorher.«

»Aber immer noch mit Ritze?«

»Ja«, sagte Drew, »nur näher bei mir.«

»Wo waren seine Arme?«, fragte Fonda.

»Vor der Brust verschränkt.«

»Und deine?«

»Auch.«

»Du hattest die Arme vor seiner Brust verschränkt?«, fragte Ruthie und riss ihre blauen Augen weit auf. Manchmal war sie echt zu schlau, um die einfachsten Sachen zu kapieren.

»Nein!« Drew lachte. »Meine Arme, meine Brust. Seine Arme, seine Brust. Aber er war total dicht neben mir. Ich konnte praktisch sein Herz hämmern hören.« Bei der Erinnerung flatterten die Schmetterlinge in ihrem Bauch los. »Also, wir kommen zu der Stelle, an der Subodh Prerna nach dem Karneval nach Hause bringt. Sie steigt von seinem Rad und sieht sich noch mal nach ihm um, geht dann aber einfach rein. Und da sagt Will: *Mann, er hätte sie küssen sollen! ICH hätte sie geküsst. Na ja, du weißt schon, wenn das du gewesen wärst.*«

Fonda quietschte und strampelte mit den Beinen. »Und was hast du dann gesagt?«

»Ich hab … Ich hab *ööööhhhmmm* gesagt.«

Fonda schnappte nach Luft. »Was? *Ööööhhhmmm?!*«

»Es ging nicht anders. Er hat mich angeschaut. Mit. Seinen. *Augen!*«

»Ich kann mir vorstellen, was für ein Schock das gewesen sein muss«, sagte Ruthie. »Wartet mal ab, bis ich euch erzählt hab, was heute mit Owen passiert ist.«

»Und was war dann?«, drängelte Fonda.

»Dann kam seine jüngere Schwester Baylie in die Garage und hat sich den restlichen Film über zwischen uns gepflanzt. Trotzdem glaub ich, dass bald was passiert.«

In Ruthies blauen Augen glitzerte die Sorge. »Aber *willst* du denn auch, dass was passiert?«

»Ich … Ich glaub schon?«, sagte Drew betont zögerlich, obwohl sie genau wusste, dass sie wollte. Dann suchte sie die Gesichter ihrer Freundinnen nach Anzeichen von Ekel oder Abscheu ab. Stattdessen klatschte Fonda sie mit einem schallenden »Yes!« ab.

»Yes? Wie in *Ja, ich finde, dass du Will küssen solltest?*«

»Absolut!« Fonda nickte. »Und ich finde außerdem, dass Henry und ich uns auch küssen sollten.«

Eine Welle der Erleichterung spülte über Drew hinweg. »Dann findest du also nicht, dass es noch zu früh ist?«

»Im Gegenteil«, verkündete Fonda. »Es kann gar nicht schnell genug passieren. Wir hinken total hinterher.«

»Ich nicht«, merkte Ruthie an.

»Jaja, ich weiß, du hast uns schon vor Ewigkeiten abgehängt«, stichelte Fonda freundlich. »Aber ich rede hier nicht von Noten, sondern von Lebenserfahrung.«

»Du meinst *Lippen*erfahrung«, sagte Drew.

»Ja, und davon haben wir alle drei null.« Fondas Blick ging zu den Lichterketten an ihrer Zimmerdecke, und sie seufzte. »Die Avas schon. Und alle anderen Mädchen im Aufklärungsunterricht auch. Inklusive Schwester Beverly! Wir müssen aufholen. Kommt, wir schließen einen Pakt für unseren ersten Kuss.«

»Ich bin dabei!«, rief Drew. Dann sagte sie: »Worum geht's eigentlich?«

»Wir versprechen einander, dass wir unseren ersten Kuss alle am selben Abend erleben.«

Ein freudiger Schauder rieselte Drew den Rücken hinab. »Und wann?«

»Bald«, sagte Fonda. »Ganz bald sogar. Aber kein Druck. Ich meine, wenn ihr noch nicht bereit seid …«

»Ich bin bereit!«, platzte Drew heraus, dann lief sie rot an. »Na ja, ihr wisst schon, bereit, über das Thema nachzudenken.«

»Aber es reicht nicht, wenn wir einfach drüber *nachdenken*. Wir müssen es auch *tun*.«

»Und was, wenn ich das schon längst hab?«, meldete sich schüchtern Ruthie zu Wort. Sie wirkte angespannt, als ob sie sich für ein großes Geständnis wappnete.

»Wenn du schon längst was hast?«, fragte Fonda erstaunt. »Zum ersten Mal jemanden geküsst?«

»N-nein«, stammelte Ruthie. »Ich meine, was, wenn ich schon längst drüber *nachgedacht* habe?«

»Du hast auch darüber nachgedacht?«, fragte Drew. »Puh, da bin ich aber erleichtert. Ich dachte schon, ich bin die Einzige.«

»Quatsch, haben wir doch alle«, sagte Fonda. »Aber darüber nachdenken und es wirklich tun ist nicht dasselbe. Wir haben Nachholbedarf. Und den sollten wir beseitigen. Wir alle. Zusammen.«

Ruthie stand auf. »Und was, wenn wir niemanden haben, in den wir verknallt sind?«

»Wie meinst du das?«, fragte Fonda. »Drew hat Will, ich hab Henry und du hast Owen. Du magst Owen doch noch, oder?«

»Klar mag ich ihn, aber – Moment mal. Du *magst* Henry? Offiziell? So richtig?«

Fonda wackelte mit den Augenbrauen. »Was gibt's da nicht zu mögen?«

»*Wusste* ich's doch!«, rief Drew.

»Aber wir haben alle so viel zu tun«, quäkte Ruthie. »Wie sollen wir das koordinieren? Wollen wir es leichter machen und festlegen, dass es einfach irgendwann diesen Monat passieren sollte? Hauptsache, im November, dann zählt es?«

Fonda öffnete eine Dose Limo. »Also, ich finde ja, dass es viel witziger wäre, wenn wir es alle am selben Abend machen.« Sie öffnete eine weitere Dose für Drew und noch eine für Ruthie, und dann sagte sie: »Ich weiß was! Wir könnten den kommenden Samstag nehmen, auf der elternfreien Jungs-Mädchen-Highschool-Party! Alle werden da sein.«

»Perfekt«, sagte Drew. Nur noch eine Woche.

Ruthie knabberte an ihrem Daumennagel herum. »Aber müssen wir denn unbedingt einen Pakt draus machen? Das klingt so … ernst.«

»Guter Punkt«, sagte Drew, die ihre Vorfreude kaum mehr im Zaum halten konnte. Ruthie dagegen wirkte eindeutig nervös. »Und wenn wir es stattdessen den Kuss-Club nennen?«

»Wir könnten spezielle Armbänder basteln!«, schlug Fonda vor.

»Und Pfefferminzbonbons kaufen«, fügte Drew hinzu.

»Kuss-Club-Versammlungen abhalten.«

»Und dabei knallroten Lippenstift tragen!«

»Und solche Duschhauben mit Blumen drauf«, sagte Ruthie.

Fonda kicherte. »Wieso denn Duschhauben?«

»Alte Damen lieben Duschhauben. Und da diese Versammlungen immer noch stattfinden werden, wenn wir alte Damen sind …« Ruthies Lächeln versiegte. »Aber was, wenn es mit dem Kuss aus irgendeinem Grund nicht klappt? Darf man dann trotzdem in den Club, weil man es zumindest versucht hat?«

»Aber natürlich klappt das«, versicherte Fonda. »Wir haben doch eine ganze Woche für die Planung und Vorbereitung.«

»Und was, wenn nicht?« Ruthie ließ nicht locker. »Darf man dann trotzdem noch roten Lippenstift und geblümte

Duschhauben tragen? Darf man trotzdem zu den Versammlungen kommen?«

»Wieso sollte man dann überhaupt dabei sein wollen?«, fragte Drew.

Ruthie zuckte mit den Achseln. »Na ja, genau deswegen. Um *dabei* zu sein.«

»Aber das wär schon irgendwie seltsam, findest du nicht?«, fragte Drew.

Wieder zuckte Ruthie mit den Achseln.

»Ach, mach dir keine Gedanken. Wir sind doch alle nervös. Deswegen machen wir es ja auch zusammen. Eine Nestie für alle, alle Nesties für eine!«

Fonda hob ihre Limodose und sagte: »Auf den Kuss-Club.«

Drew und Ruthie hoben ebenfalls ihre Dosen, und sie stießen gemeinsam auf den Kuss-Club an.

»Nur noch achtmal schlafen, dann ist in unserem Leben nichts mehr wie vorher«, verkündete Drew.

4. KAPITEL

Jedes Mal, wenn unten auf der Straße Autos vorbeifuhren, glitten Lichtstreifen über Fondas Zimmerdecke. Und jeder dieser Streifen brachte sie dem großen Tag ein bisschen näher.

Sie war wach geworden, ehe der Wecker klingelte, was ihr am Sonntag sonst nie passierte. Aber Fonda stand ja auch kurz vor einem Erlebnis, das ihr gesamtes Leben radikal verändern würde. Kein Wunder also, dass gerade alles anders war als sonst.

In einer knappen Woche würde sie Mitglied des exklusiven Kuss-Clubs werden. Sie würde im Flüsterton Knutschratschläge mit den Avas austauschen können, sich in Gegenwart ihrer älteren Schwestern nicht mehr wie ein Kind fühlen – und natürlich endlich offiziell mit Henry zusammen sein.

Henry.

Henry und Fonda.

Honda.

Ha! Honda, das war perfekt! *Sie* waren perfekt. Sie hatten beide braunes Haar, waren schlank und gebräunt, ohne dabei verbrannt auszusehen. Klar, Henry fuhr gern Skateboard, und Fonda bastelte lieber Perlenketten. Seine Klamotten saßen weit, und ihre waren eng anliegend. Aber sie fand seinen albernen Humor zum Wegschmeißen und mochte es, dass er sich selbst nicht so ernst nahm. Er hatte volle Lippen, eine gute Haltung und eine nette Familie. Vor allem aber mochte Fonda die Vorstellung, dass alle sie für ein Paar hielten und wussten, dass es jemanden gab, der sie mochte. Sie genug mochte, um sie zu küssen.

Apropos küssen!

Fonda wollte nicht, dass Henry sie für unerfahren hielt (was sie war). Sie wollte aber auch nicht, dass er sie für übermäßig erfahren hielt (was sie nicht war). Sie wollte geküsst werden, nicht selbst küssen (weil sie nicht wusste, wie). Aber sie wollte auch nicht unbeteiligt wirken (ihre Lippen, ihre Regeln). Oh, wie sie die Zukunfts-Fonda beneidete! Die Fonda, die Henry schon geküsst hatte und wusste, wie die Geschichte ausgegangen war.

Gegenwarts-Fonda dagegen war vollkommen planlos. Sie legte sich eine warme Hand auf ihren schmerzenden Bauch. Sogar ihre Eingeweide waren verkrampft.

Fonda brauchte Rat. Aber von wem? Drew hatte selbst keine Ahnung, und Ruthie schien der Club wichtiger zu sein als der Kuss. Schwester Beverly beantwortete nur eine Frage pro Tag. Winfrey und Amelia würden sich nur über sie lustig machen. Und ihre Mutter? *Igitt.*

Fonda hatte keine Wahl: Ein Kissen musste herhalten. Es war zwar das totale Klischee, mit einem Kissen zu üben, aber dieses Klischee gab es aus guten Gründen. Kissen lachten einen nämlich nicht aus.

Langsam neigte sie sich zu dem Kissen, drückte ihre Lippen gegen den Baumwollstoff und schloss die Augen. Es fiel ihr schwer, dabei an Henry zu denken, weil der Kissenbezug nach ihrer Arm-Candy-Duftmischung roch und Henry nach … Sie hatte keine Ahnung, wonach Henry roch, aber ganz sicher nicht nach Vanille und Karamell.

Es musste doch irgendwas Besseres als das Kissen geben! Nachdem sie sich suchend in ihrem Zimmer umgesehen hatte, entschied sie sich für eine Tonfigur, die sie in der vierten Klasse gemacht hatte. Ein trauriger Versuch, Rocket Raccoon aus *Guardians of the Galaxy* nachzustellen. Die Figur war rissig und staubig. Und vermutlich gelangweilt, weil sie jahrelang unbeachtet neben dem Wörterbuch gestanden hatte, das Tante Karen Fonda zum Eintritt in die Middleschool geschenkt hatte. Woraus man ihr keinen Vorwurf machen konnte. Also, der Figur, nicht Tante Karen.

Zurück im Bett blickte Fonda Rocket tief in seine Knopfaugen und versuchte, dabei an Henry zu denken. Selbst ihre Krämpfe hatten Fremdscham.

»Es tut mir unendlich leid«, sagte sie zu Rocket. »Mir ist das mindestens genauso unangenehm wie dir.«

Dann hielt sie Rocky an seinen knochigen Schultern fest und zog ihn näher.

Näher.

Immer näher.

Sie dachte daran, wie Henry sie nach ihrer Klassenfahrt nach Catalina Island auf dem Parkplatz angesehen hatte – und zwar nur sie. Selbst als ihre legendären Schwestern aufgekreuzt waren, hatten seine braunen Augen ausschließlich auf Fonda geruht. Was machte es schon, dass er nicht wusste, was Fro-Yo bedeutete? Er wusste, wie er Fonda das Gefühl gab, etwas Besonderes zu sein. Und das war ja wohl das Wichtigste.

Fonda drückte die Lippen auf Rockets winzigen, kalten Mund. Drückte und drückte und …

Genau in dem Moment, in dem Rocket Raccoon der Kopf abfiel und polternd über den Boden rollte, öffnete sich mit einem leisen Klicken Fondas Zimmertür.

»Was machst du denn da?«, kreischte Winfrey.

»Was machst *du* denn da?«, kreischte Fonda zurück.

Winfrey drehte sich das nasse Haar zu einem Knödel hoch. »Ähm, ich wohne hier?« Ihr klapperten zwar noch die Zähne von ihrer frühmorgendlichen Surfsession, aber ein hämisches Grinsen bekam sie trotzdem hin. »Hast du gerade mit Rocky Raccoon rumgeknutscht?«

»Was hast du in meinem Zimmer zu suchen?«

»Du hast mir den Bademantel geklaut.«

»Hab ich nicht.«

»Stimmt, das war ich.« Amelia schlurfte gähnend und mit halb geschlossenen Augen auf Winfrey zu. »Was ist hier los?«

Fonda warf Winfrey einen flehenden Blick zu. Hoffentlich zeigte sie einmal im Leben Erbarmen und verriet Amelia nicht, was sie gesehen hatte. Aber es war zu spät. Winfrey schloss Fondas Zimmertür hinter sich, und Sekunden später hallte Amelias Hexenlache durchs Treppenhaus.

Mit klopfendem Herzen angelte Fonda Rockets Kopf vom Boden und warf ihn in den Papierkorb.

Sie traf daneben und musste es noch mal versuchen.

Und wenn der Trick darin bestand, erst mal klein anzufangen und sich langsam zum Kuss vorzuarbeiten? Wenn sie das nächste Mal alle zusammen nach der Schule ins Fresh & Fruity gingen, konnten Fonda und Henry sich vielleicht absetzen und etwas zu zweit machen. Vielleicht traute sie sich ja sogar, ihn am Arm zu berühren oder sich einen Fro-Yo mit ihm zu teilen. Und dann würde er sie vielleicht fragen, ob sie mit ihm zusammen sein wollte. Wenn sie sich in Henrys Gegenwart erst mal richtig wohlfühlte – so wie Drew und Will, wenn sie miteinander rumhingen –, würde es irgendwann bestimmt ganz von selbst dazu kommen, dass sie sich küssten. Sie würde einfach wissen, was zu tun war.

Und wenn nicht, würde sie eben Rocket aus dem Papierkorb angeln, ihm den Kopf wieder ankleben und ihn bitten, ihr noch eine Chance zu geben.

5. KAPITEL

Ruthie verbrachte den größten Teil des Sonntags damit, sich vor Montag zu fürchten. Es war ja schon unangenehm genug, Owen nach der ganzen Freund-Freund-Verwechslung wiederzusehen. Aber jetzt musste sie zusätzlich noch eine Möglichkeit finden, sich zu entküssen, damit sie auf Fondas Party einen zweiten ersten Kuss von ihm bekommen konnte. *Und* Owen irgendwie erklären, wieso sie ihre Meinung so plötzlich wieder geändert hatte.

Sie saß in der Klemme, und diese Erkenntnis lastete schwer auf ihr. Es war, als würden winzige magnetische Lügen durch ihren Blutkreislauf schwirren. Und je mehr Magnetlügen sich aneinanderhefteten, umso größer wurden sie. Jetzt konnte Ruthie die Lügenlawine nur noch aufhalten, indem sie zugab, dass sie am Freitag bereits ihren ersten Kuss von Owen bekommen hatte. Aber das würde sie die Mitgliedschaft im Club kosten, und damit auch all die schönen Erlebnisse. Die Versammlungen, Armbänder, roten Lippen und Duschhauben. Was völlig undenkbar war. Bei ihrem vollgestopften TSF-Stundenplan war es auch so schon schwer genug, ausreichend Zeit für die Nesties zu finden. Eine Sache mehr, die sie nicht gemeinsam machten, und Ruthie hätte genauso gut in eine andere Stadt ziehen können. Was bedeutete: Sie musste weiterlügen.

»Fun Fact über schwarze Löcher«, sagte sie in dem Versuch, für eine lockere Stimmung zu sorgen, als sie zusammen mit Owen das Klassenzimmer der TSF betrat. »Früher dachten alle, dass sie leerer Raum sind. Aber in Wahrheit sind sie das genaue Gegenteil, nämlich haufenweise Materie, die auf minimalem Raum zusammengepresst wird.«

Owen hielt seine Kopf-Collage hoch. »So ähnlich wie mein Schädel hier. Der ist auch total vollgestopft.«

»Angeber!«, sagte Ruthie, auch wenn sie sich nicht mehr traute, Owen in den Oberarm zu knuffen. Je weniger Körperkontakt sie hatten, desto besser.

»Na, wie geht's meinen beiden Lieblings-Dummdödeln?«, fragte Sage, die hinter ihnen hereinkam, grinsend. Sie trug ein T-Shirt mit vier Elementen aus dem Periodensystem – Sulfur, Argon, Kalzium und Samarium. Darunter stand *SArCaSm*, was Englisch war für *Sarkasmus*.

Ruthie beneidete ihre Freundin um ihre Sorglosigkeit und gute Laune. *Ach, muss das schön sein.*

Als alle Schüler saßen, schlug Rhea gegen die antike Klangschale, die in der TSF den Gong ersetzte, und rief: »Guten Montag, Titanen!« Trotz ihrer hohen Absätze hatte sie den federnden Gang einer Turnschuhträgerin. Seit sie mit Fondas Spanischlehrer Mr. Dias zusammen war, strahlte sie etwas aus, das verdächtig an Lebensfreude erinnerte.

»Fandet ihr den Regenguss gestern Abend auch so herrlich?«, fragte sie strahlend.

»Sieht so aus, als ob wir heute nach der Schule verplant sind«, flüsterte Owen Ruthie zu.

»Hm?«

Er hielt ihr sein Smartphone hin. Auf dem Display war eine Textnachricht von Fonda zu sehen.

FONDA: Fro-Yo nach der Schule. Sag R Bescheid.

Ruthie wusste nicht, was sie seltsamer finden sollte: die Tatsache, dass Fonda morgens um 8:35 Uhr an Fro-Yo dachte, oder dass Owen einfach eigenmächtig zugesagt hatte. Wie sollte sie aus der Nummer jetzt wieder rauskommen? Nicht, dass es ihr keinen Spaß machte, nach der Schule mit ihrer Clique rumzuhängen. Und jetzt, wo die Nesties durch ihre unterschiedlichen Stundenpläne getrennt wurden, war es Ruthie sogar besonders wichtig, so viel Zeit wie möglich mit ihnen zu verbringen. Aber was, wenn Owen den Kuss erwähnte? Was, wenn Fonda oder Drew den Club erwähnten? Was, wenn die Lügenmagneten so groß wurden, dass Ruthie an den Joghurtautomaten aus Metall hängen blieb?

»Alle denken, TSF stünde für Talent-Sonderförderung«, setzte Rhea zu ihrem Montagsritual an. Ihr schwarzer, gewellter Bob hüpfte so lebhaft, als sei er ebenfalls verliebt. »Aber ich weiß, in Wahrheit steht die Abkürzung für *Titanen sind …*«

… freudlos, vollendete Ruthie den Satz in Gedanken.

Um sie herum schossen neun Hände in die Höhe. Owens war die erste.

»Ja, Owen?«

Owen hielt seine Kopf-Collage hoch. »Facettenreich!«

»Sehr gut, Owen. Wir freuen uns schon darauf, uns deine Kopf-Collage später genauer anzusehen. Aber vorher habe ich noch eine Riesenüberraschung für euch.«

»Einen Chemietest, oder?«, fragte Conrad eifrig und zog ein Taschentuch aus der Packung auf seinem Pult, um sich die dauerlaufende Nase zu putzen.

»Nicht schlecht, Conrad«, antwortete Rhea. »Aber nein. Die Überraschung ist kein Chemietest. Trotzdem hat sie viel mit Chemie zu tun.« Sie beugte sich vor und zwinkerte. »Allerdings mit der altmodischen Art von Chemie.«

»Freeeeemdschaaaam!«, flüsterte Alberta.

»Unser nächstes Thema ist Aufklärungsunterricht!«, verkündete Rhea, als hätte die TSF im Lotto gewonnen.

Aufklärungsunterricht? Ruthies Achselhöhlen wurden unangenehm feucht. Was war denn gerade nur los mit allen?

»Glückwunsch, Titanen! Ihr werdet bald Eltern!«

Die Schüler wechselten verwirrte Blicke.

Tomoyo hob die Hand. Sie trug an jedem Finger einen Ring mit einem Rubin – ihrem Geburtsstein. »In der griechischen Mythologie sind die Titanen aber Kinder, keine Eltern.«

»Sehr gut beobachtet«, sagte Rhea. »Doch falls du dich erinnerst, werden die Titanen später auch Eltern. Schließlich hat Kronos doch Zeus gezeugt, richtig?«

»Genau, und Zeus hat Kronos dann vom Thron gestürzt!«, rief Sage dazwischen und schob sich das rosa Haar hinter die Ohren. »Und Kronos und die Titanen wurden in den Tartarus verbannt.«

»Ich darf aber gerade nicht verbannt werden«, bettelte Everest, die rechts von Ruthie saß. »Am Mittwoch bekomme ich die Zahnspange raus.«

»Hier wird niemand verbannt«, versicherte Rhea ihnen. »Und eure Kinder sind auch keine egomanen Götter, sondern süße Babys, was durchaus hilfreich sein dürfte.«

»Wo kommen die Babys her?«, fragte Zandra, die so heftig auf ihrem Sitzball herumwippte, dass ihr die blonden Locken um den Kopf hüpften.

Sage schob sich das schwarze Brillengestell auf dem Nasenrücken hoch. »Zandra weiß nicht, woher Babys kommen«, sagte sie und schnalzte tadelnd mit der Zunge.

»Ich habe gefragt, woher *diese* Babys kommen, nicht, woher *alle* Babys kommen«, konterte Zandra und schnalzte zurück.

»Gute Frage, Zandra. Sage, bitte denk dran, dass Sarkasmus in diesem Klassenzimmer nicht erwünscht ist.«

Zandra deutete auf Sages Brust. »Das sollten Sie wohl eher ihrem T-Shirt sagen!«

»Im Lauf der Jahrzehnte haben Schüler im Rahmen dieser altehrwürdigen Aufgabe bereits die verschiedensten Gegenstände als Baby-Ersatz verwendet. Mehlsäcke, Zuckerpakete und – wie ihr sicher alle wisst – auch Eier.«

»Eierbabys? Die hat wohl 'nen Sprung in der Schale«, flüsterte Conrad und putzte sich noch mal die Nase.

»Und was nehmen wir?«, fragte Quinn mit seiner liebenswürdig rauen Stimme.

»Aufgrund unseres Erfolgs beim letztjährigen Debattierwettbewerb haben die Titanen genug Geld zusammenbekommen, um Elektrobabys kaufen zu können.«

Die Schülerinnen und Schüler applaudierten, obwohl sie nicht ganz sicher waren, was genau Elektrobabys eigentlich waren.

»Bei Elektrobabys handelt es sich um Simulationspuppen, die darauf programmiert sind, euch eine möglichst realitätsnahe Elternerfahrung zu bieten. Die kommende Woche über werden eure niedlichen kleine Wonneproppen weinen, wenn sie Hunger haben, müde sind oder eine frische Windel brauchen. Und ihr müsst dafür sorgen, dass sie es angenehm warm haben, ohne dass ihnen zu heiß wird, und dass sie genügend Kuscheleinheiten bekommen, ohne dass ihr sie erdrückt. Vor allem aber dürft ihr sie keine Sekunde lang aus den Augen lassen. Wie echte Babys eben.«

»Wird das benotet?«, fragte Alberta.

»Das Projekt macht fünfundsiebzig Prozent eurer Note in Gesundheitskunde aus.«

»Yes!«, rief Alberta und stieß die Faust in die Luft. Dann schob sie nach: »Moment. Woher wissen Sie überhaupt, was wir mit den Babys anstellen?«

»Die Puppen sind mit Computerchips ausgestattet, die die Körpertemperatur und die Schnelligkeit aufzeichnen, mit der ihr die Bedürfnisse der Puppe befriedigt. Jede gewechselte Windel ...«

»Windeln?«, keuchte Sage. »Iihh!«

Die Schülerinnen und Schüler wechselten entsetzte Blicke.

»Ihr müsst die Windeln zwar wechseln, aber sie haben keinen Inhalt, falls es das ist, was euch Sorgen bereitet«, erklärte Rhea. »Das Ziel der Übung besteht darin, euch Verantwortungsbewusstsein, Mitgefühl und ein Gespür für die Zerbrechlichkeit des Lebens zu vermitteln. Das Projekt wird für euch zwar die reinste Sisyphusarbeit, aber ich weiß, das schafft ihr.«

»War Sisyphus nicht der Typ, der den Göttern so lange auf den Keks gegangen ist, dass sie ihn dazu verdonnert haben, bis in alle Ewigkeit einen Felsblock einen Berg hochzurollen?«, fragte Everest.

»Genau«, sagte Rhea. »Und? Kann sich jemand vorstellen, was das mit dem Elterndasein zu tun hat?«

Ruthie hob die Hand. »Der Felsblock ist immer wieder runtergerollt, sobald er oben war, und Sisyphus musste von vorn anfangen.«

»Und?«, fragte Rhea weiter.

»Meine Mom erzählt, als ich klein war, hab ich immer meinen Schnuller auf den Boden geworfen, und wenn sie ihn aufgehoben und mir zurückgegeben hat, hab ich ihn direkt wieder runtergeschmissen.«

»Genau. Sisyphus wurde vor eine Aufgabe gestellt, die er unmöglich vollenden konnte. Und Eltern ergeht es in vielerlei Hinsicht ganz ähnlich.«

»Meine Mom meinte, nach meiner Geburt hätte sie nur noch Windeln gewechselt und Wäsche gewaschen«, sagte Tomoyo. »Aber manchmal hatte sie nicht mal mehr für die Wäsche Zeit.«

Rhea lachte in sich hinein, als würde ihr das irgendwie bekannt vorkommen. »Ein Baby zu haben ist toll, aber auch anstrengend. Ich hoffe, unsere Übung zeigt euch, was für eine Herausforderung es ist, ein Kind großzuziehen. Und dass ihr noch eine ganze Weile warten solltet, ehe ihr eine Familie gründet.«

»Aber so was von!«, sagte Alberta und kämmte sich dabei mit den Fingern durch ihr rotes Haar. »Meine Schwester ist sechs, und die Zwillinge sind drei. Ohne meine Hilfe würde meine Mom überhaupt nicht zurechtkommen. Jedenfalls sagt sie mir das jeden Tag. Und am Wochenende sogar zweimal.«

Owen und Ruthie sahen sich an und formten beide im selben Moment mit den Lippen das Wort »Angeberin«. Dann mussten sie kichern.

»Da sprichst du ein wichtiges Thema an, Alberta.« Rhea stand von ihrem Stuhl auf, setzte sich auf die Tischkante und rieb die Stelle, an der sie früher ihren Ehering getragen hatte. »Ohne Unterstützung geht es nicht, wenn man ein Baby zu Hause hat. Man braucht jemanden, mit dem man die schönen, vor allem aber auch die schwierigen Momente teilen kann. Jemanden, auf den man sich verlassen kann. Einen echten Partner.«

Ruthie knabberte nervös an ihrer Unterlippe herum. Ihr schwante Schreckliches.

»Aus Effizienzgründen«, sagte Rhea und griff nach ihrem Klemmbrett, »habe ich eure Zweierteams nach Wohnort gebildet. Je näher ihr bei eurem Partner oder eurer Partnerin wohnt, desto leichter habt ihr es. Vertraut mir, ich weiß, wovon ich rede.« Sie räusperte sich, dann las sie die Namen vor. »Favian und Tomoyo. Sage und Alberta. Conrad und Zandra …«

Ruthie schloss die Augen und betete zu Tyche, der griechischen Göttin des Zufalls. *Bitte lass mich kein Paar mit Owen sein! Biiiiittttteeeeee! Wenn wir ein Baby haben, können wir uns doch nicht zum ersten Mal küssen! Das ist einfach zu viel auf einmal.*

»Quinn und Everest. Ruthie und Owen …«

»Yes!«, rief Owen ein bisschen lauter als nötig.

Alle kicherten. Jedenfalls alle bis auf Ruthie, deren Herz hämmerte wie das eines Gefängnisinsassen bei einem Fluchtversuch.

Verzweifelt suchte sie nach einer Ausrede, wieso sie einen anderen Partner brauchte, wurde aber abgelenkt, weil Rhea kurz das Klassenzimmer verließ und mit einem Rollwagen voller Elektrobabys zurückkehrte. »Kommt und greift zu.«

»Dürfen wir unserem Baby auch einen Namen geben?«, fragte Alberta und drückte ihrem Töchterchen einen Kuss auf den Kahlkopf.

»Ja, ich bitte sogar darum!«

»Wie findest du Atom?«, fragte Owen, der vorsichtig einen schlafenden Jungen im Arm hielt. »Du weißt schon, weil er so klein ist.«

»Schon verstanden«, sagte Ruthie und pikte dem Baby mit dem Finger in sein pummeliges Beinchen.

Atom schluchzte los. Ruthie wusste genau, was er gerade empfand.

»Sieht so aus, als müssten wir uns eine Weile von unserem unbeschwerten Leben verabschieden«, verkündete Owen mit einem versonnenen Lächeln.

In Ruthies Bauch rumorte es. Hätte sie sich doch nur genauso leicht von ihrem ersten Kuss verabschieden können.

6. KAPITEL

Als Drew das Fresh & Fruity betrat, stieg ihr der vertraute Geruch von feuchtem Metall und Milchprodukten in die Nase. An den mintgrünen Wänden hingen dieselben Fotos von Obst wie immer. Aus den Lautsprechern plärrten die üblichen Pop-Remixe, die immer um die Zeit nach Schulschluss liefen, wenn haufenweise Schülerinnen und Schüler mit ihren Rucksäcken den Laden stürmten, um sich eine der begehrten Sitzecken zu sichern. Alles war wie jeden Montag auch. Und doch fühlte sich der Fro-Yo-Laden heute irgendwie anders an. Oder war es in Wahrheit Drew, die nicht mehr dieselbe war?

»Schnapp ihn dir!«, sagte Will zu Henry, und die beiden rannten los, um den allerletzten freien Tisch zu kapern. Es war ein runder mit vier Plätzen. Wenn Ruthie und Owen dazukamen, waren sie zu sechst. Was hieß, dass sie sich zusammenquetschen mussten wie zwei wunderschöne Lippen, die …

Fonda packte Drew am Handgelenk. »Warte kurz«, flüsterte sie. »Ich habe einen Plan.«

»Wieso? Der Tisch ist doch mega.«

»Es geht nicht um den Tisch, sondern um den Club.«

»Oh, super«, sagte Drew. »Ich hab heute während Mathe, Physik und Englisch nämlich an nichts anderes denken können. Woran merken wir, wann die Jungs bereit für Du-weißt-schon-was sind? Was, wenn ich nur dachte, dass Will mich küssen will, aber in Wahrheit stimmt das gar nicht?« Die ganze Situation war einfach nur verwirrend. Bevor sie Will kennengelernt hatte, hatte sie sich nie so verunsichert gefühlt. Eigentlich hatte sie sich immer nur eins gefühlt: normal. Und jetzt? Manchmal wechselte ihre Gefühlslage innerhalb von Sekunden von unsicher zu selbstbewusst, von warmem Prickeln zu kalten Schweißausbrüchen. Manchmal kam sie sich vor wie in einem Freizeitpark der Gefühle: eine heftige Achterbahnfahrt nach der nächsten.

Fonda legte ihr beruhigend eine Hand auf die Schulter. »Mach dir keine Gedanken. Schließlich habe ich PUBZ erfunden.«

»PUBZ?« Drew musste lachen.

»Ja, das ist kurz für **P**ersönliche Gespräche, **U**ngestörte Zeit zu zweit, **B**erührungen und **Z**usammenkommen.«

»Ich kapier's zwar nicht, aber es gefällt mir trotzdem.«

Fonda verdrehte die Augen, als hätte sie es satt, ständig alles erklären zu müssen, obwohl sie in Wahrheit nichts lieber machte, als ständig alles zu erklären. »Also. Erst mal tut man alles dafür, persönliche Gespräche mit dem jeweiligen Jungen zu führen, und zwar ungestört, wenn man mit ihm allein ist. Dabei berührt man ihn immer wieder ein bisschen, um zu zeigen, dass man ihn mag. Und wenn alles nach Plan läuft, kommt dann irgendwann ganz von selbst die große Frage, ob man zusammen sein will oder nicht.«

Obwohl Drew und Will längst einen Haufen persönliche Gespräche (übers Skaten) geführt, (beim Skaten) massenhaft ungestörte Zeit zu zweit verbracht und sich (beim Skaten) schon tausendmal angefasst hatten, war Drew dankbar dafür, einen Plan zu haben. Denn selbst wenn er in ihrem Fall vielleicht nicht viel brachte, würde er Fonda und Ruthie dabei helfen, mit Owen und Henry aufzuholen. »PUBZ ist mega!«, rief sie laut.

»Was?!«, fragte Will, der gerade auf dem Weg zurück zu ihnen war.

Die Mädchen fingen an zu lachen.

»Ach, nichts.« Drew wurde rot. »Wollen wir uns anstellen?«

»Macht ihr ruhig schon mal«, sagte Fonda, die offenbar schon fleißig an ihrem U mit Henry arbeitete. »Wir gehen, wenn ihr wieder da seid.«

Will zeigte ihr ein Daumenhoch, und Drew kicherte nervös. Ihr wurde ganz schwindelig bei der Vorstellung, dass sie gerade darauf hinarbeitete, ihn am Samstag zu küssen. Und leichte Schuldgefühle hatte sie auch. Ein bisschen fühlte es sich so an, als würde sie eine Überraschungsparty für ihn planen und müsste gegen die ständige Verlockung ankämpfen, alles auszuplaudern.

»He, ich glaub, die haben keine Yuzu-Bällchen mehr«, sagte er, nachdem sie sich ihren Joghurt geholt hatten. Drew fand es toll, dass er wusste, welche Toppings sie mochte.

»O nein! Und was ist mit den sauren Fruchtgummis?«, fragte sie und sah sich dabei suchend um.

»Sehr witzig«, schnaubte Logan hinter der Kasse.

Drew und Will wechselten einen Blick. »Was soll daran witzig sein?«

»Habt ihr die Geschichte nicht mitbekommen?« Logan sah sich verstohlen nach links und rechts um. Dann winkte er sie näher. »Der Händler hat uns versehentlich Atomic Sours geliefert. O Mann, waren die krass, Leute.«

Will häufte ein paar Löffel Erdnüsse in seinen Becher. »Wieso krass?«

»Krass sauer, Mann! Als ich eins probiert habe, sind mir halb die Augen rausgeploppt, und zwei Kunden haben geheult. Erwachsene Männer!«

Drew musterte die Theke mit den Toppings. »Und wo sind die Atomic Sours jetzt?«

»Wieder im Lager«, sagte Logan. »Wir mussten sie aus dem Angebot nehmen.«

Drew und Will wechselten erneut einen Blick, nur dass dieser hier sprühte vor Abenteuerlust. »Dürfen wir eins probieren?«, fragte Drew.

Logan verschränkte die Arme vor seiner Schürze. »Wenn ich dafür eine Fünf-Sterne-Rezi bekomme?«

Sie nickten.

»Mit Kommi?«

»Na gut.« Logan verschwand im Hinterzimmer und kehrte mit einem Einmachglas zurück. Dann zog er Gummihandschuhe über, drehte den Deckel auf und holte zwei blutrote Fruchtgummis heraus. Sie hatten die Form von Totenschädeln und waren in einen Mantel aus glitzernden Zuckerkristallen gehüllt. Er legte Drew und Will jeweils eines in ihre Schalen. »Wehe, ihr zuckt beim Essen auch nur mit der Wimper.«

Will linste erst zu seinem Atomic Sour und dann zu Drew.

»Bereit?«, fragte er. »Drei, zwei, eins, los!«

Drew warf sich ihres in den Mund, und …

Ooooohhhhaaaaaaaauuuuuuuhhhhhh!

Säurestacheln bohrten sich durch ihren Kieferknochen bis in ihr Hirn. Trotzdem zeigte sie keine Regung.

Will dagegen presste sich die Hände an die Schläfen und schnappte hechelnd nach Luft. Dabei lief sein Hals rot an und die Muskeln und Sehnen traten seitlich hervor, sodass Drew schon Angst bekam, seine Muschelkette würde gleich reißen.

»Beeindruckend«, sagte Logan zu Drew.

Will deutete immer noch japsend auf das Einmachglas mit den Atomic Sours und fragte: »Wie viel willst du für das ganze Glas?«

»Fünf Sterne und eine *Endlos*-Rezi«, sagte Logan. »Oh. Und das hier ist natürlich nie passiert.«

Will schob sich das Glas unters T-Shirt und sagte: »Drew Harden, ich fordere dich zu einer Revanche heraus.«

Dann fügte er mit einem leicht verlegenen Lächeln hinzu: »Sobald ich mein Gesicht wieder spüre.«

»Herausforderung angenommen«, erwiderte Drew. Nicht weil sie ihn noch mal besiegen wollte. Sondern weil ihr die Vorstellung gefiel, ein Geheimnis mit ihm zu haben.

Am Tisch lachten Fonda und Henry gerade über irgendwas, das er im Vorbeigehen in ihr Klassenzimmer gerufen hatte.

»Aber wieso denn BH-Träger?«, fragte Fonda und tupfte sich die Tränen aus den Augen.

»Keine Ahnung.« Henry lachte. »Da drinnen saß ein Haufen Mädchen. Ich dachte einfach, bestimmt redet ihr gerade über BH-Träger.«

Drew setzte sich. »Ähm, nur zu deiner Info, wir reden wirklich nur ganz, ganz selten über BHs.«

»Aber über was reden Mädchen denn sonst?«, fragte Will. »Knutschen etwa?«

»Nein!«, quiekte Drew. »Wie kommst du denn auf so was?« Sie warf Fonda einen kurzen Blick zu. »Vielleicht, weil ihr Jungs ständig darüber redet?«

Henry stand auf und sagte mit tiefer Bösewichtstimme: »Männer reden nicht, sie kämpfen.« Dann spannte er seinen Bizeps an. Fonda schmiss sich weg vor Lachen, dann folgte sie ihm zu den Fro-Yo-Automaten.

Als Will wieder mit Drew allein war, stieß er seinen Becher gegen ihren und sagte: »Dein Atomic-Sour-Pokerface ist Wahnsinn. Du hast keine Miene verzogen.«

»Echt nicht?«, spielte Drew die Schüchterne.

Wills jeansblauer Blick tauchte in Drews nussbraunen, und er schüttelte langsam den Kopf.

»*Du* bist der Wahnsinn.«

Drews Magen schlug einen Mehrfachsalto. »Bin ich?«

Will nickte, vergrub seinen Löffel im Joghurt und rührte.

Hitze rauschte einmal von oben nach unten und von rechts nach links durch Drews Körper, schmolz die Worte in ihrem Mund und verwandelte ihre Knochen in Wackelpudding. Sie wollte sich vorbeugen und Will küssen, hier und jetzt, mitten im Fresh & Fruity. Aber was war dann mit dem Pakt? Dem Club? Nein, sie musste warten. Und sie *konnte* warten. Auch wenn sich die Warterei auf einmal anfühlte, als würde man ihr ein Grundbedürfnis verweigern.

Will spähte über Drews Schulter und kniff die Augen zusammen. »Was ist *das* denn?!«

Drew folgte seinem Blick bis zu Owen, der Ruthie die Tür aufhielt. Und Ruthie trug in ihrem Arm ein …

»Ist das ein Baby?«, fragte Henry, als er gemeinsam mit Fonda an den Tisch zurückkehrte.

Fonda und Drew tauschten einen besorgten Blick. Wie kamen Ruthie und Owen denn so plötzlich an ein Baby? Sie hatten sich doch noch nicht mal geküsst!

Die beiden Neuankömmlinge schlängelten sich durch das Chaos aus herumstehenden Stühlen und auf den Boden gepfefferten Rucksäcken. Owen ging voraus wie eine Rettungskraft, die den Weg frei räumte.

»Was ist das für ein … *Dings?*«, fragte Henry.

»Das Dings ist ein Er, und sein Name lautet Atom«, erklärte Owen.

»Adam?«

»A-tom«, wiederholte Ruthie und drückte sich das kleine Bündel an die Brust.

»Weil er so klein ist.« Owen strahlte.

»Verstehe«, sagte Fonda. »Und was ist mit … mit seinem Gesicht?«

Drew beugte sich vor und schnappte nach Luft. Sie hatte mal jemanden sagen hören, alle Babys seien schön. Aber dieser Jemand war offenbar nie Atom über den Weg gelaufen. Seine dunklen Augen starrten ins Nichts, seine Pausbacken waren so dick, dass sie gegen die Nasenflügel stießen, und statt Augenbrauen hatte er zwei Wülste aus »Haut«. Er selbst schien darüber auch nicht sonderlich glücklich zu sein, weil seine Mundwinkel nämlich so weit nach unten hingen, als sei schlechte Laune bei ihm der Normalzustand.

»Atom ist diese Woche unser Projekt für den Aufklärungsunterricht«, erklärte Ruthie. »In der TSF.«

Fonda zwinkerte ihr grinsend zu.

Ruthie reagierte mit einem verkrampften Lächeln, und Atom heulte los.

»Alles in Ordnung«, erklärte Owen zwei gaffenden Fremden. »Er hat nur ein bisschen Hunger.«

»Vielleicht ist er auch unglücklich, weil er so hässlich ist!«, rief jemand aus der Menge.

Ruthie schob Atom hastig ein Fläschchen zwischen die Plastiklippen, und er hörte auf zu weinen.

»Der Kleine ist echt … niedlich?«, sagte Will vorsichtig.

Henry lachte auf. »Niedlich? Wenn ich jemals einen Horrorfilm drehe, kann der kleine Freak da die Hauptrolle spielen.«

»Nimm das sofort zurück«, fuhr ihn Fonda wie eine Tante mit ausgeprägtem Beschützerinstinkt an.

Atom suchte sich genau diesen Augenblick aus, um so wild mit den Beinen zu strampeln, dass er Will den Löffel aus der Hand trat, der daraufhin auf den schmutzigen Boden fiel.

»Seht ihr? Atom ist besessen«, erklärte Henry zufrieden.

»Tut mir leid«, sagte Ruthie zu Will. »Ich hol dir einen neuen Löffel.«

»Schon okay«, sagte Drew und bot Will ihren Löffel an. »Er kann meinen benutzen.« Dann warf sie Fonda einen schnellen Blick zu. *Na, wie mach ich mich?*

Will stand auf. »Kein Problem, ich hole mir einen neuen.«

Drews Herz ging in den Sinkflug. Wenn er sich vor ihren Keimen ekelte, wie sollten sie sich dann küssen?

Genau in dem Moment begannen ein Junge und ein Mädchen am Nachbartisch, die beide Fischerhüte mit Ananas-Print trugen, wild miteinander rumzuknutschen. Die beiden gingen zwar garantiert schon auf die Highschool, aber trotzdem … Ignorieren ließen sie sich nicht.

Owen nahm Ruthie vorsichtig Atom ab und murmelte: »So was von geschmacklos.« Fonda beobachtete das knutschende Paar, als würde sie sich in Gedanken Notizen machen. Ruthie band sich die Schnürsenkel, Henry versuchte, die beiden mit Serviettenkügelchen zu treffen, und Drew befürchtete, dass sie schon ganz gelb war vor Neid.

Das war einfach unfair. Das Mädchen da war keine Krankenschwester, und der Junge war nicht verletzt. Sie brauchten keine Ausrede, um sich nah zu sein, und er liebte sie nicht einfach nur, weil sie ihn gerettet hatte. Sie küssten sich, weil sie es wollten. Weil sie es *konnten*.

»Igitt«, murmelte Fonda. »Keine Sorge, *das* da müssen wir nicht machen.«

Drew grinste, als sei sie erleichtert. Aber was, wenn sie *das* da machen wollte? Würde Fonda sie dann auch *igitt* finden? Obwohl *das* eigentlich auch schon egal war. Weil Will Drews Löffel *igitt* fand. Was bedeutete, dass er vermutlich auch ihre Lippen *igitt* fand.

»Wow!«, keuchte Fonda, als eins von Henrys Serviettenkügelchen dem Highschool-Jungen direkt ins Ohr flog. Der Typ eiste sich von seiner Freundin los und sah sich im Laden um, als sei er gerade aus einem langen Traum erwacht.

Alle wandten sich hastig ab, nur Henry nicht.

»Alter.« Der Junge nahm sich den Hut ab und fuhr sich mit der Hand durch sein sonnenblondiertes Haar. »Warst du das?«

»Klar, Mann«, sagte Henry. »Tut mir leid, dass ich euch … öhm … unterbrochen hab. Ich wollte dich nur was fragen. Wegen des Huts.«

Drew blickte weg. So wie Henry sich benahm, legte er es scheinbar drauf an, den Hintern versohlt zu bekommen.

Der Highschool-Junge schob seinen Stuhl zurück. »Was ist mit meinem Hut?«

»Ist das ein Lids?«, fragte Henry mit Unschuldsmiene. Die Antwort schien ihn aufrichtig zu interessieren.

Der Typ nickte langsam. »Wieso?«

»So einen such ich schon seit Wochen. Die sind total schwer zu bekommen.«

»Im Surfshop haben sie gerade erst welche reinbekommen«, sagte das Highschool-Mädchen. »Wir haben die letzten beiden mit Ananas drauf ergattert, stimmt's, Bubu?«

Bubu sah sie an und nickte. Dann fingen sie wieder an zu knutschen.

Henry stand auf. »Ich muss los.« Er warf sich den Rucksack über eine Schulter und winkte den anderen zum Abschied.

»Moment, wo willst du denn hin?«, fragte Fonda mit einem Anflug von Panik in der Stimme.

»Zum Surfshop, ehe die Hüte alle weg sind.«

Fonda sah Drew und Ruthie mit weit aufgerissenen Augen flehend an. *Und was jetzt?*

Drew deutete mit dem Kinn in Henrys Richtung. *Los, geh mit!*

Ruthie nickte. *Mach schnell!*

»Ich finde Lids auch cool«, sagte Fonda. »Bin dabei.« Sie schnappte sich ihre Tasche, musterte ihre Nesties, um sich eine letzte Dosis Zuspruch abzuholen, und lief dann Henry hinterher, um für ein bisschen *Ungestörte Zeit zu zweit* zu sorgen.

»Blaubeere?«, fragte Will, als er zurückkam. Wohin Henry und Fonda so plötzlich verschwunden waren, schien ihn nicht zu interessieren. Er hatte nur Augen für Drew.

»Hm?«

Er reichte ihr einen Löffelvoll lilafarbenen Joghurt. »Probier mal.«

Drew probierte ein winziges bisschen, dann gab sie ihm den Löffel zurück. Will verschlang den Rest – samt Lippenbazillen und allem Drum und Dran!

»Beste Ausrede für eine kostenlose Probierportion«, sagte er.

»Wolltest du deswegen meinen Löffel nicht benutzen?«

Will nickte, hob einen Finger an die Lippen und sagte: »Aber bloß nicht Logan verraten.«

Drew tat so, als würde sie sich die Lippen zusperren, und steckte sich den unsichtbaren Schlüssel in die Hosentasche. Sie hätte ihn auch quer durchs Fresh & Fruity geworfen, nur um zu beweisen, dass Wills Geheimnis bei ihr sicher war. Aber der Schlüssel musste in ihrer Nähe bleiben. Ihr erster Kuss war nur noch eine knappe Woche entfernt. Ihre Lippen durften nicht für immer versiegelt bleiben.

7. KAPITEL

Henry war einen ganzen Kopf größer als Fonda, aber gerade kam sie sich riesig vor. Nicht vollgefressen, auch wenn sie sich gerade einen ziemlich dicken Vanille-Fro-Yo mit Heath-Bar-Bröseln und Reese's Pieces genehmigt hatte. Aber auch nicht riesig auf die selbstbewusste Art. Sondern auf eine … Ach, eigentlich wusste Fonda das selbst nicht so genau. Aber es hatte etwas damit zu tun, dass sie zusammen mit Henry die Bay Street entlanglief. Zusammen, aber allein miteinander. Allein im Sinne von ohne andere Freunde, ohne Puffer, ohne irgendwas, das sie voneinander ablenkte. Nur Henry und Fonda. Fonda und Henry.

Allein.

Allein …

Allein.

Allein?

Allein!

ALLEIN!

Die Idee mit dem Nestie-freien Ausflug zum Surfshop war ihr vor zehn Minuten noch genial vorgekommen, weil sie dabei die ungestörte Zeit zu zweit und hoffentlich auch das mit dem persönlichen Gespräch abhaken konnte. Aber jetzt gerade fühlte sie sich eher katastrophal an als genial.

»Will und Drew scheinen echt verknallt ineinander zu sein«, sagte Fonda, als sie in die Shoreline Avenue abbogen.

»Klar, die skaten ja auch beide.«

»Stimmt.«

Es folgten neun Sekunden Schweigen, was irgendwie merkwürdig war. Normalerweise redete Henry in Gegenwart seiner Freunde ohne Punkt und Komma.

»Ich kann nicht fassen, dass sich Ruthie und Owen mit diesem Baby rumschlagen müssen«, wagte Fonda einen weiteren Gesprächsversuch.

»Ja, krass, oder?«

»Falls ich irgendwann mal eine Tochter bekomme, nenne ich sie Orange.«

Henry reagierte nicht.

»Willst du wissen, wieso?«

»Nein.«

»Weil mir nichts einfällt, das sich auf Orange reimt. Dann bekommt sie keinen Spitznamen, mit dem sich die Leute über sie lustig machen.«

»Aber machen sie sich dann nicht einfach über sie lustig, weil sie Orange heißt?«

»Stimmt.« Fonda lachte ein bisschen. »Daran hab ich gar nicht gedacht.« Sie merkte selbst, wie hohl ihre Stimme klang. Hohl und viel zu laut. Als ob sie in einem Taucherhelm herumschreien würde.

Ihre Arme schwangen mit der Kraft einer Abrissbirne hin und her. Ihr Bauch fühlte sich so aufgebläht an, dass sie sich vorkam wie ein Teletubbie. Und jedes Mal, wenn sie versuchte, Henry in ein Gespräch zu verwickeln, wurde ihre Riesigkeit noch ein bisschen riesiger.

Trotzdem gab sie nicht auf.

»Drachen würden es bestimmt total spektakulär finden, dass wir Menschen Wasser mit dem Mund machen können«, plapperte sie drauflos.

Jetzt lachte Henry ein bisschen. »Du bist echt ganz schön schräg.«

Und du bist ganz schön langweilig ohne deine Freunde!, wollte Fonda sagen, aber sie traute sich nicht. Was, wenn Henry gar nicht langweilig war, sondern gelangweilt? Und zwar von ihr und ihren »schrägen« Gedanken? Was, wenn er sich wünschte, er hätte gerade ein anderes Mädchen dabei? Ein Mädchen mit normalen Gedanken und Gesprächsthemen. Ein Mädchen, das sich in seiner Gegenwart nicht vorkam wie ein Teletubbie? Ein Mädchen, das wusste, was es sagen sollte, wenn es mit einem Jungen allein war? Ein Mädchen wie Drew oder Ruthie oder …

»Yesssss!«, rief Henry, als das Schaufenster von Poplar Surf and Sports in Sichtweite kam. Er zeigte auf die

Schaufensterpuppe, die Surfshorts mit Quallenmuster, ein gestreiftes T-Shirt und einen orangefarbenen Fischerhut von Lids trug.

»Orange«, sagte er. »Genauso wie deine Tochter.«

Fonda fühlte sich ein klein wenig abgewiesen, weil Henry nicht »unsere Tochter« gesagt hatte. Und wenn schon. Zumindest war er noch mal auf das Thema eingegangen.

Henry riss die Tür zum Surfshop auf und marschierte hinein. Die Tür fiel wieder zu, ehe Fonda hinter ihm herlaufen konnte, sodass sie allein auf dem Gehweg stand und sich fragte, ob Henry unhöflich war oder ein Feminist.

Wenn ein Mann einer Frau die Tür aufhielt, sagte er damit laut Fondas Mutter: »Du bist zu schwach, um das selbst hinzubekommen.« Vielleicht war das Henry ja bewusst. Vielleicht wollte er Fonda wissen lassen, dass er sie respektierte und um ihre kräftige Oberarmmuskulatur wusste.

Vielleicht war er aber auch einfach nur rücksichtslos.

Wenige Sekunden später erschien Drews älterer Bruder Doug im Fenster und nahm der Puppe den Hut ab, um ihn Henry zu reichen. Als er Fonda sah, winkte er sie nach drinnen.

»Geht nicht«, formte sie mit den Lippen. Dann wedelte sie mit ihrem Telefon und fügte augenrollend hinzu: »Rede mit Winfrey.«

Was natürlich nicht stimmte. Aber Fonda *wünschte* sich, es würde stimmen. Weil sie Winfrey dann vielleicht hätte fragen können, wie man mit Jungs redete, woran man erkannte, ob ein Junge einen mochte und ob er unhöflich oder Feminist war, und was man dagegen tun konnte, sich wie ein Teletubbie vorzukommen. Aber Winfrey hätte sich gnadenlos über Fondas Ahnungslosigkeit lustig gemacht, woraufhin Fonda sich noch riesiger gefühlt hätte als sowieso schon.

Moment mal! Das war's! Sie würde einfach auf *Dear Win!* suchen, Winfreys Ratgeber-Blog aus der Zehnten, auf dem sie Tipps zum Thema Jungs und Dating verbreitet hatte. Laut Winfrey hatte der Blog mehr Paare gerettet als die Arche Noah.

Fonda entschied sich für einen Post mit dem Titel »Wie du das Herz deines Schwarms eroberst – in zehn Schritten«, den Winfrey im vergangenen Februar veröffentlicht hatte.

1. *Tu immer so, als sei er dir egal:* Benimm dich, als würde dir dein Schwarm nichts bedeuten. Dann wird er sich automatisch fragen, wieso er nicht gut genug für dich ist. Das verunsichert ihn so sehr, dass er sich stärker bemüht, um dich zu kämpfen.
2. *Spiel immer die Coole:* Verbirg deine wahren Gefühle. Bloß nicht emotional werden! Tu immer so, als seist du gut gelaunt – aber nicht *zu* gut gelaunt, sonst hält dich dein Schwarm vielleicht für albern.
3. *Glaub immer an dich selbst:* Wenn du dich nicht toll findest, tut es auch sonst keiner.

Fonda hörte auf zu lesen. Kein Wunder, dass Joan Winfrey für ein Selbstachtungsseminar angemeldet und darauf bestanden hatte, dass sie keine weiteren Posts mehr schrieb. Aber … was, wenn Winfrey trotzdem recht hatte?

Die Ladentür flog auf, und Henry sprang mit einem knallorangefarbenen Fischerhut auf dem Kopf und einem breiten Grinsen im Gesicht auf den Gehweg. »Geschafft!«

Fonda schaute desinteressiert von ihrem Telefon hoch. *Ist mir doch egal.*

»Es ist noch einer in Rot da, falls du magst«, sagte Henry.

»Nee, ich kann damit nichts anfangen.«

»Echt?«

Plötzlich stieg Fonda der Duft von Fruchtshampoo in die Nase. Sie blickte erneut auf, und diesmal stand ein langbeiniges Mädchen in kurzen Shorts vor ihr. Ihr schimmernd brünetter Long-Bob strahlte mit ihrem Lächeln um die Wette. Ava H.

»Wow, Henry, du hast einen Lids abbekommen?«, kreischte sie. »Sieht der an dir aber süß aus! Aber so, so süß! Echt, megasüß!« Ava tat nicht so, als sei ihr Henry egal, und sie spielte auch nicht die Coole. Trotzdem schien Henry sie nicht das kleinste bisschen albern zu finden. Tatsächlich wurde sein breites Grinsen sogar noch ein bisschen breiter.

»Meine ehemalige Babysitterin hat gerade ein Foto von sich und ihrem Freund im Partnerlook mit Ananas-Lids gepostet. Da bin ich sofort losgerannt. Sag, dass sie noch welche haben. Sonst muss ich leider sofort tot umfallen!«

»Einen gibt's noch. In Rot.«

Ava flatterte mit ihren Wimpern-Extensions in Fondas Richtung. »Aber du stehst nicht deswegen hier an, oder?«

»Sie will ihn nicht«, sagte Henry.

Ava H. ging direkt zu Schritt 3 (Berührung) über und verpasste Henry einen Klaps auf den Arm. »Yes!«

»Echt, oder?« Er klapste zurück, und zwar kräftig.

Scheinbar war er tatsächlich Feminist.

»Wartet hier auf mich«, sagte Ava zu den beiden. »Bin gleich wieder da.«

Was hatten denn nur alle mit diesem Laden und Kopfbedeckungen? Drew hatte hier dieses scheußliche grüne Trucker-Cap gekauft, als sie dachte, Will sei in Keelie verknallt. Keelie hatte so eins getragen, und Drew dachte, Will würde sie nicht nur mögen, sondern auch *mögen*, wenn sie ebenfalls eins trug. Fonda hatte sie damals darauf aufmerksam gemacht, dass die Logik hinter ihren Überlegungen hinkte und kein Mädchen der Welt sich mit scheußlichen Kopfbedeckungen verschandeln sollte, nur um einen Jungen zu beeindrucken. Und da stand Fonda nun, lungerte vor dem Poplar Surf and Sports herum und hatte gerade noch so getan, als würde sie auf Lids stehen, nur um jetzt so zu tun, als wären ihr Lids total egal. Alles nur, damit sie vor Samstagabend noch Zeit mit Henry verbringen konnte. Ava H. dagegen machte währenddessen einfach Nägel mit Köpfen und ging direkt über zu Phase 3, als sei überhaupt nichts dabei.

»Ava und Ava werden sterben vor Neid«, sagte Ava H., als sie mit ihrem roten Anglerhut auf dem Kopf wieder aus dem Laden kam. Sie trug ihn leicht schräg, wie eine Baskenmütze. »Die beiden meinten, dass ich meine Zeit verschwende, weil die Lids schon längst ausverkauft sind. Ha! Falsch!« Sie klatschte sich mit Henry ab. Noch eine Berührung?! »Die beiden sind gerade im Van's und holen Pizza. Wollen wir hin und sie eifersüchtig machen?«

Henry überprüfte in der Schaufensterscheibe sein Spiegelbild und zuckte mit den Achseln. »Klar, wieso nicht?«

Äh, hallo?! Ich sag dir, wieso nicht!, wollte Fonda schreien. *Ich bin auch noch da!* Wieso ignorierten die beiden sie einfach? Und dann fiel es ihr wieder ein. Ava war mal in Henry verknallt gewesen. Vielleicht war sie das ja immer noch.

»Hey, Fonda«, sagte Ava. »Bist du auf dem Heimweg?«

»Öhm …«

Wenn sie sich jetzt auf den Heimweg machte, verlor sie kostbare ungestörte Zeit zu zweit mit Henry. Und das war noch nicht mal das Schlimmste, was passieren konnte. Was, wenn er Ava H. am Ende zurückmochte? Sie war hübsch und selbstbewusst und beliebt. Nicht so wie Fonda, das riesige Teletubbie, das noch nie mit jemandem geknutscht hatte.

»Kommst du?«, fragte Henry in diesem ausdruckslosen Jungs-Tonfall, den man unmöglich richtig deuten konnte. Wollte er jetzt, dass Fonda Ja oder Nein sagte? So oder so war ihr das gerade alles zu viel. Fonda brauchte eine Pause, um ihre Strategie zu überdenken.

»Ach, geht ihr nur«, murmelte sie. »Ich hab noch was vor.«

»Alles klar.« Henry winkte ihr zum Abschied. »Dann seh ich dich morgen.«

Fonda formte eine Fingerpistole, richtete sie auf seinen Lids und sagte mit Cowboystimme: »Nicht, wenn ich dich zuerst sehe.« Dann drehte sie sich hastig weg, damit er nicht bemerkte, wie sie rot wurde.

Ehrlich, eine *Fingerpistole?* Wer machte so was, bitte?

Ava H. jedenfalls nicht. Sie wusste, wie man mit Jungs umgehen musste, dafür sorgte, dass man mit ihnen allein war, wie man sie berührte und wie man keine superpeinlichen Fingerpistolen machte und dabei mit Cowboystimme redete. Fonda dagegen brauchte ein Kissen, eine Tonfigur und einen Club, wenn sie jemals ihren ersten Kuss erleben wollte. Sie brauchte die Hilfe ihrer Nesties und den Ratgeber-Blog ihrer Schwester.

Und womöglich brauchte sie jetzt auch noch einen neuen Schwarm.

8. KAPITEL

Das Gem House war zwar keine Bibliothek, aber Ruthie liebte den Perlenladen trotzdem. Er gehörte der nach Rosmarin duftenden Hippie-Frau Coral, die immer barfuß über den knarzenden Dielenboden tappte, wobei die winzigen Glöckchen an ihren Fußkettchen so beruhigend vor sich hin bimmelten, dass Ruthie am liebsten eingeschlafen wäre. Eine Armband-Bastel-Session nach der Schule war genau das, was sie jetzt brauchte.

Als es sich die Mädchen auf den Makramee-Hockern um ihren Lieblingstisch gemütlich gemacht hatten, der aus einer kniehohen Baumscheibe bestand, legte Ruthie Atom auf dem Schaffellteppich ab und atmete erleichtert auf. Es war erst Dienstag, aber sie war freitagnachmittagsmüde. Trotzdem nahm sie sich die Zeit, ihre Perlen zu sortieren – Rosa auf einen Haufen, Rot auf einen anderen, daneben die Buchstaben K und C.

»Und wenn ihr anfangt, uns Honda zu nennen?«, fragte Fonda und schob eine rosa Perle auf ihren Nylonfaden. »Vielleicht hilft das ja.«

»Honda?«, fragte Ruthie. »Was soll das sein?«

Fonda blickte sie stirnrunzelnd an. »Henry und Fonda zusammen«, sagte sie. »Das hab ich doch gerade eben schon erklärt.«

Ruthie schüttelte den Kopf. »Stimmt, tut mir leid.« Nach kurzem Schweigen fügte sie hinzu: »Und was soll das bringen?«

»Im Ernst?«

»Wenn wir anfangen, sie Honda zu nennen«, meldete sich Drew zu Wort, »kapiert Henry vielleicht, dass sie ein Paar sein sollten.« Dann kicherte sie. »Wisst ihr was? Will und ich werden dann Dill, und Owen und Ruthie sind … Owie!«

»Cool!« Fonda lachte. »Das ist einfach perfekt! Honda, Dill und Owie.«

Oder Ruen, dachte Ruthie. Klang so ähnlich wie Ruine und traf ihr Gefühl gerade besser.

Beim Anblick der KC-Perlen auf ihrem Tablett wurde ihr schwer ums Herz. Sie sollten für »Kuss-Club« stehen und den Platz in der Mitte der Armbänder bekommen – links davon Rosa, rechts davon Rot. Aber je näher Ruthie der Stelle kam, an der sie die Buchstabenperlen auffädeln musste, desto elender fühlte sie sich. Wie sollte sie noch in den Spiegel schauen können, wenn sie schon bei den Aufnahmebedingungen für den Club schummelte? Sie kam sich vor, als würde sie bei einem Test spicken und danach damit angeben, wie gut ihre Note war. Ein unverdienter und unehrenhafter Sieg. Ihn für sich zu beanspruchen war fast schon kriminell, und ihn zu feiern würde sich einfach nur falsch anfühlen.

Und was, wenn sie ihren Freundinnen die Wahrheit sagte? Dass Owen sie nämlich schon längst geküsst hatte (*würg!*)? Für den Augenblick wäre das sicher leichter gewesen. Aber auf lange Sicht würde Ruthie dann nicht im Club mitmachen dürfen, und das wollte sie um jeden Preis verhindern.

»Stimmt was nicht mit dir?«, fragte Fonda aufrichtig besorgt.

»Ach, ich bin einfach nur müde.« Ruthie warf einen Blick zu ihrem schlafenden Baby. *Glücklicher kleiner Roboter.* »Atom war die halbe Nacht lang wach.«

»Ich kapier's nicht.« Fonda trank einen Schluck heiße Schokolade, die es für Corals Kundinnen immer kostenlos dazugab. »Wieso musst *du* dich um alles kümmern? Wo steckt Owen? Wieso hilft er dir nicht?« Sie verdrehte die Augen, so wie Joan es immer machte. »Typisch Mann.«

»Das ist nicht seine Schuld«, verteidigte Ruthie ihn hastig. »Er hat mir seine Hilfe angeboten, aber ich dachte, ich komme allein zurecht. Außerdem macht das Projekt fünfundsiebzig Prozent unserer Note aus.«

Drew nickte, weil sie zu wissen glaubte, was das Problem war. Ruthie war ein ziemlicher Kontrollfreak, besonders wenn es um die Schule ging. Ihre Nesties wussten das. Sie wollte, dass mit diesem Projekt alles nach Plan lief. Und das ging nur, wenn sie sich selbst um alles kümmerte.

Doch diesmal steckte ausnahmsweise etwas ganz anderes dahinter. Ruthie wollte Owens Hilfe nicht, weil sie in seiner Gegenwart an nichts anderes mehr denken konnte als an seine Lippen und ihre Lügen.

»Trotzdem muss Owen seinen Teil beitragen«, sagte Fonda und holte ihr Telefon heraus. Sie verschickte eine Textnachricht, vermutlich an Winfrey, die damit beauftragt war, die Nesties nachher nach Hause zu fahren. Dann fügte sie hinzu: »Und Ava muss die Finger von Henry lassen. Ich schwöre, wenn sie mir das vermasselt ...«

»Worüber genau machst du dir eigentlich solche Sorgen?«, fragte Ruthie, dankbar über den Themenwechsel.

»Wenn Henry feststellt, dass Ava H. ihn mag, lässt er mich vielleicht sitzen und mag *sie* zurück.«

»Im Leben nicht«, sagte Ruthie. Das war das Absurdeste, was sie je gehört hatte. »Wieso sollte Henry ein Mädchen mögen, das Wimpern-Extensions und Metallic-Kleidung trägt, wenn er dich haben kann – eine Feministin, die ihren eigenen Style hat, sich ihre Klamotten selbst näht und immer die besten Snacks der Stadt zu Hause hat?«

»Weil er ein Mann ist«, seufzte Fonda.

»Männer sind gar nicht so«, widersprach Drew. »Wisst ihr noch, wie ich dachte, dass Will mich für Keelie sitzenlässt, weil sie in ihn verknallt war?«

Natürlich erinnerten sie sich daran. Es war ja erst ein paar Wochen her.

»Hat er aber nicht. Und wisst ihr, wieso?«

Fonda legte gespannt ihr Armband beiseite. »Wieso?«

»Weil Will *mich* mochte.«

Zufrieden nahm Fonda ihre Arbeit mit den Perlen wieder auf.

»Apropos Will«, fuhr Drew in selbstbewusstem und beiläufigem Tonfall fort. »Wir haben um halb fünf ein Skate-Date.«

»Glaubst du, bei der Gelegenheit könntest du ihn ein bisschen über Henry ausquetschen?«, fragte Fonda. »Du weißt schon, wegen Ava. Vielleicht hat er ja irgendwas über sie gesagt.«

Drew nickte. »Ich schwöre, seit gestern, als wir uns im Fresh & Fruity den Löffel geteilt haben, hab ich das Gefühl, dass ich ihm einfach *alles* sagen kann.«

»Beeindruckend«, bemerkte Fonda. »Du bist die totale PUBZ-Meisterin geworden. Ich dagegen komme keinen Schritt weiter.«

»Aber wir haben doch noch vier Tage. Das schaffst du schon«, versicherte ihr Drew. »Die Honda-Sache bringt garantiert was.« Dann fuhr sie an Ruthie gewandt fort: »Und die Owie-Sache auch.«

»Ach, ich weiß nicht. Das Baby ist eine ziemliche Belastungsprobe für unsere Beziehung.« (Wortwörtlich dasselbe hatte Tante Gayle zu Ruthies Mutter gesagt, nachdem ihr Sohn David zur Welt gekommen war.) »Wenn er endlich schläft, sind wir so müde, dass wir überhaupt keine Zeit mehr füreinander haben.« (Das auch.)

»Dann musst du eben ein bisschen Schwung in euer Beziehungsleben bringen«, schlug Drew vor. »Meine Eltern gehen jeden Mittwoch miteinander aus. Sie sagen, so bleibt die Romantik erhalten.« Sie schauderte. »Ich weiß, das ist total eklig, aber vielleicht …«

»Hey, Freundin!«, sagte eine vertraute Jungenstimme.

Ruthies Herz hämmerte los. »Owen?«

»Stets zu Diensten, Mylady.« Er lüpfte die Hosenbeine über seinen beigefarbenen Dockers und setzte sich auf einen Hocker. Seine Wangen waren gerötet, und auf seiner Stirn schimmerte der Schweiß.

»Bist du hergerannt?«

»So schnell ich konnte … vom Fahrradständer.« Er lachte. »Zeus sei gedankt für die Erfindung des Drahtesels.«

»Wieso?« Mehr brachte Ruthie nicht heraus.

Mehr fiel ihr aber auch gar nicht ein. Sie sehnte sich zurück in die guten alten Zeiten, als ihr Hirn noch praktisch geplatzt war vor Worten. Jetzt bestand ihr aktiver Wortschatz vornehmlich aus *ja, nein* und *müde*. Um den Spagat zwischen der TSF, Atom und dem Kuss-Club zu schaffen, hätte Ruthie Beine wie ein Supermodel gebraucht. Und ja, das war ein total oberflächlicher Vergleich. Was ihren Punkt nur unterstrich.

»Fonda hat mir getextet. Sie meinte, du würdest Hilfe brauchen.«

»Hilfe? Wieso denn das?«

Atom begann zu weinen, und Owen nahm ihn auf den Arm.

Fonda grinste. *Na, deswegen!*

»KC«, flüsterte Owen, während er Atom wieder in den Schlaf wiegte. »Wofür steht das?«

»Das, ähm … das …« Ruthie warf ihren Nesties einen Hilfe suchenden Blick zu. Die beiden funkelten warnend zurück. Das Geheimnis um den Kuss-Club musste gewahrt bleiben.

»Das steht für Kumpel-Club«, antwortete sie hastig. »Das mit dem *Kumpel* ist natürlich ironisch gemeint.«

»Ooooohhhh, ich *liebe* Ironie«, gurrte Owen.

»Mensch, jetzt schaut euch nur mal an«, schwärmte Drew. »Ihr seid *so* ein süßes Paar. Wir sollten euch Owie nennen.«

»Ein süßes Paar?«, wiederholte Owen.

»Sie meint natürlich ein süßes *Freundes*paar«, versicherte Ruthie ihm hastig.

Fonda warf ihr einen Seitenblick zu. »Freunde?!«

»Ähm, ja«, stammelte Ruthie. »Das ist ein Insiderwitz.«

Owen strahlte los, als er sich an den Zwischenfall erinnerte. »Das war echt so was von witzig«, fing er an zu erzählen. »Letzten Freitag haben Ruthie und ich an meiner Kopf-Collage gearbeitet, und auf einmal meinte sie …«

»NEIN!«, rief Ruthie und stieß »versehentlich« ihr Tablett mit den Perlen auf den Boden. »Wie gesagt, im Moment bin ich echt nicht auf der Höhe.« Dann sank sie auf die Knie und pulte die Perlen aus dem zotteligen Teppich.

»Das wäre sicherlich anders, wenn du etwas mehr Hilfe hättest«, murmelte Fonda.

»Da hast du recht«, sagte Owen, der nicht mitbekommen zu haben schien, dass Fondas Seitenhieb ihm galt.

»Komm, heute Nacht kümmere ich mich um Atom. Keine Widerrede.«

»Aber …«

»Kein Aber«, unterbrach er sie. »Du brauchst ein bisschen Schlaf, Ruthie. Den hast du dir verdient.« Damit schnappte er sich die Wickeltasche und Atom und verließ den Perlenladen, ehe Ruthie ihn aufhalten konnte. Nicht, dass sie das gewollt hätte. Dafür war sie viel zu dankbar, dass Owen weg war. Vor allem, weil er kurz davor gewesen war, ihr Geheimnis auszuplaudern. Gleichzeitig war sie aber auch ein wenig traurig. Sie vermisste ihren rein freundschaftlichen Freund. Und sie vermisste ihre Nesties, auch wenn sie hier neben ihr saßen. Vielleicht vermisste sie aber auch nur, wie leicht das Leben gewesen war, ehe sie sich in ihren Geheimnissen verheddert hatte.

»Was soll denn das mit Freundespaar?«, fragte Drew, als Owen weg war.

Ruthie kam wieder vom Boden hoch und stellte ihr Tablett zurück auf den Tisch. »Ach, nur ein blöder Witz. Weil wir so was von *mehr* als nur Freunde sind, weißt du?«

Fonda hickste. »Echt? Aber woher weißt du das? Habt ihr schon darüber geredet?«

»Nicht wirklich, aber irgendwie ist es ja offensichtlich. Immerhin haben wir ein Baby.«

»Vielleicht sollten Honda auch ein Baby bekommen.«

Ruthie lachte auf. »Versprich mir, dass das nur ein Witz war.«

»Genau, Atom macht alles schlimmer, nicht besser«, sagte Drew. »Und deswegen sollten Owie dringend mal in Ruhe abends ausgehen. Ich würde sagen, wir gehen ins Einkaufszentrum, kaufen dir was Süßes zum Anziehen und …«

»Drew und ich könnten babysitten!«

Ruthies Magen verwandelte sich in einen harten Knoten, und die Lügenmagneten in ihrem Körper wurden immer größer. Das war *die* Gelegenheit, mit der Wahrheit herauszurücken. Fonda und Drew würden darüber lachen, wie schräg das alles gelaufen war, und die Geschichte direkt wieder vergessen. Sie würden Ruthie immer noch lieb haben. Sie würde ein Nestie bleiben. Aber sie würde nicht im Club mitmachen dürfen. Würde kein Armband, keinen roten Lippenstift, keine geblümte Duschhaube bekommen. Würde nicht an den Mitgliederversammlungen teilnehmen und keine Pfefferminzbonbons horten.

Außer natürlich, sie gestand Owen bei ihrem Date die Wahrheit und lachte stattdessen mit *ihm* darüber, wie schräg das alles gelaufen war. Owen würde ihr am Samstag ein winziges Küsschen auf die Lippen drücken, und damit hatte sich die Sache. Am Ende würde ihre Freundschaft dadurch vermutlich sogar *noch* ein wenig enger werden. Problem gelöst.

»Ausgehen klingt super«, sagte Ruthie zu ihren Nesties.

Sie konnte praktisch spüren, wie sich die Lügenmagneten voneinander lösten.

9. KAPITEL

Drew drückte mit dem hinteren Fuß das Heck ihres Boards runter, sprang ab, hob den Vorderfuß und *Bämm!*

»Netter Ollie!«, sagte Will. »Nicht schlecht für eine Ninja-Kriegerin!«

Drew zuckte mit den Achseln, als hätte sie den perfekten Ollie schon von Geburt an beherrscht, obwohl sie in Wahrheit gestern nach dem Abendessen zwei Stunden lang mit Doug geübt hatte. »Was nicht viel heißt, wenn es von einem Piraten kommt.«

»Ich kapier nicht, wieso *du* nicht kapierst, dass Piraten viel cooler als Ninjas sind!«, wiederholte Will zum ungefähr zehnten Mal heute. »Die müssen nicht mal duschen!«

»Klar müssen die duschen.« Drew rümpfte die Nase. »Das ist ja gerade das Problem.«

»Guter Punkt.« Will warf ihr sein strahlendes Lächeln zu, kickte sich das Brett in die Hand und sprang den Bordstein hoch. Wie immer, wenn seine Freunde nicht dabei waren, schenkte er Drew seine ungeteilte Aufmerksamkeit. Es fühlte sich an, als würde die Sonne ihr allein gehören.

»Als Nächstes will ich am Tail Drop arbeiten«, sagte sie, in der Hoffnung, dass er ihr seine Hilfe anbieten würde.

Ihr Telefon pingte.

»Wenn du magst, kann ich dir helfen.«

Yes!

»Falls du dich nicht an meinem Piratengeruch störst.«

Ping!

Drew ignorierte das nervige Gerät in ihrer Hosentasche.

»Okay, sollen wir loslegen?«, platzte sie eifrig heraus, auch wenn sie sich dabei ähnlich nervig vorkam wie ihr Smartphone.

Ping!

»Ich bin bereit, wenn du es bist«, sagte Will. »Ich glaube übrigens, da versucht dich jemand zu erreichen.«

Ping!

Entnervt holte Drew ihr Telefon raus.

FONDA: Denk dran, ja?

FONDA: Drew!

FONDA: DREW!

FONDA: Ich wusste, dass du's vergisst.

DREW: Sorry, war skaten. #Dill

DREW: Was vergessen eigentlich?

FONDA: Siehst du?

DREW: Was denn?

FONDA: Du hast es vergessen! Du solltest W fragen, ob H irgendwas über AH gesagt hat.

Ups!

DREW: Tut mir leid. Ich frag ihn jetzt gleich.

FONDA: Warte!

DREW: ?

FONDA: Sag ihm nicht, dass ich dich drum gebeten hab zu fragen.

Ist ja wohl klar, dachte Drew. Wie konnte Fonda sie nur so unterschätzen? Offenbar war sie so panisch, dass sie Henry an Ava verlieren könnte, dass sie kaum mehr klar denken konnte.

DREW: Bin dran, keine Sorge.

FONDA: Warte noch kurz, damit er nicht denkt, dass wir deswegen getextet haben.

Drew schrieb *Super Idee* zurück, obwohl sie auch darauf schon ganz von allein gekommen war.

Dann schob sie das Telefon wieder zurück in die Hosentasche und …

Ping!

»Tut mir leid«, sagte sie zu Will, während sie ihr Telefon direkt wieder rausholte.

FONDA: Hast du ihn schon gefragt?

DREW: Du hast doch gesagt, ich soll warten!

FONDA: Aber nicht zu lange. Und nicht wieder vergessen!

DREW: ok

FONDA: Und sag ihm nicht, dass ich was gesagt hab.

DREW: ok

FONDA: Es soll so aussehen, als wärst du von selbst draufgekommen zu fragen.

»Alles in Ordnung?«, fragte Will.

»Das war nur meine Mom.« Drew zog sich den Pferdeschwanz straff, als könne sie dadurch verhindern, dass sie sich versehentlich verplapperte. »Sie wollte wissen, was ich heute Abend essen will.«

»Du musst ja echt am Verhungern sein.«

»Hä?«

»Weil ihr so ewig getextet habt.«

»Beim Skaten krieg ich immer einen Riesenhunger.«

Will ließ sein Brett fallen und lehnte das Heck gegen den Randstein. »Ich auch.«

Die Harfenmusik hinter Drews Bauchnabel ging wieder los. Noch etwas, das Will und sie gemeinsam hatten: Hunger!

»Also, erst mal musst du in die richtige Position.« Er nahm sie beim Handgelenk und führt sie zum Bordstein.

Zu der Harfenmusik gesellte sich ein heftiges Kribbeln.

»Danach positionierst du die Füße so, als ob du einen Ollie machen willst.« Will ließ ihr Handgelenk los, hielt sie jetzt aber mit seinem Blick fest.

»Genau so.«

Drew stellte sich vor, wie das Brett unter ihr wegflutschte, sie nach hinten in Wills Arme kippte und sie gemeinsam auf den Boden knallten.

»Mein Kopf!«, würde Will jammern.

Woraufhin sie sich neben ihn knien, seinen Kopf auf Schürfwunden absuchen und ihm am Ende versichern würde, dass er sich nur eine kleine Beule zugezogen hatte.

Er würde sich dafür entschuldigen, dass er so ein Drama gemacht hatte.

Und sie würde mit einem verständnisvollen Lächeln reagieren. »Schon in Ordnung, ich bin doch Krankenschwester. Solche Fälle bekomme ich jeden Tag zu sehen.«

Er würde sich aufsetzen und seinen kleinen Finger mit ihrem verschränken. »Weißt du, was *ich* jeden Tag sehen will? Dich.«

»Und ich will *dich* jeden Tag sehen«, würde Drew daraufhin ganz leise antworten. Dann würde er ihr mit dem Handrücken über die Wange streichen, sich vorbeugen und …

»Jetzt die Nose nach unten«, sagte Will. »Die Schultern drehen und nach rechts rotieren, wenn du abspringst. Und denk dran, den Fuß für die Landung auszurichten. Bereit? Komm, wir springen zusammen. Eins, zwei, drei …«

Klack!

Drew landete eine Zehn von zehn. (Weil sie den Tail Drop nämlich auch geübt hatte.)

»Du lernst aber schnell!«

»Nur weil du so ein super Lehrer bist.« Drew strahlte.

Will kam näher und grinste, und ein bisschen fühlte sich der Moment so an, als sei er verzaubert. Das eidottergelbe Licht der untergehenden Sonne wärmte sein Gesicht und brachte seine blauen Augen zum Strahlen. Eigentlich war das alles zu viel des Guten, aber trotzdem wollte Drew mehr davon. Irgendwas stimmte doch nicht mit ihr! Oder fühlten sich Owie und Honda genauso? Drew wandte den Blick von Will ab, so wie man wegschaute, wenn die Sonne zu sehr blendete.

»Ich wollte dir was geben«, sagte er und kam noch einen Schritt näher.

Das Blut rauschte in Drews Ohren. Ob Will sie jetzt küssen würde? Ihr Herz-Kreislauf-System schien jedenfalls davon auszugehen. Und wenn, würde sie ihn lassen? *Durfte* sie ihn lassen? Laut dem Armband an ihrem Handgelenk musste die Antwort ganz klar Nein lauten.

Aber anstatt sich zu ihr vorzubeugen, holte Will ein Plastiktütchen aus seiner Hosentasche. Es war mit totenschädelförmigen Fruchtgummis gefüllt, bei deren bloßem Anblick Drews Speicheldrüsen heftig zu arbeiten begannen.

»Ich hab geübt«, sagte er und setzte sich auf die Rasenfläche vor seinem Haus. »Bereit?«

Drew hockte sich neben ihn. Sie wusste selbst nicht, ob sie enttäuscht oder froh sein sollte, dass er sie nicht geküsst hatte.

Sie angelte sich ein Fruchtgummi aus der Tüte und legte es sich auf die Zunge. Ein scharfer Blitz schoss ihr ins Hirn und bitzelte schmerzhaft hinter ihren Augen. Ihre Zunge brannte, Spucke flutete ihren Mund, als wolle sie den Brand löschen. Trotzdem gelang es Drew, keine Miene zu verziehen.

»Aaaahhhhh!« Auch diesmal presste sich Will wieder die Hände gegen die Schläfen. Er sah aus wie der Typ auf dem berühmten Gemälde *Der Schrei*.

Jetzt brauchte sie nur ein Foto von Wills schmerzverzerrtem Gesicht zu machen, um ein für alle Mal zu beweisen, dass Ninja-Krieger cooler waren als Piraten. Sie holte ihr Telefon raus.

Ihr Telefon!

Fonda!

Sie wartete ab, bis Will wieder Luft bekam, dann fragte sie betont beiläufig: »Ist dir aufgefallen, dass Henry und Ava H. heute Hüte im Partnerlook aufhatten?«

»Das war doch kein Partnerlook. Seiner war orange und ihrer rot.«

»Ich weiß«, sagte Drew. »Aber es waren beides Lids.«

»Oh.« Will fächelte sich Luft zu.

»Glaubst du, die haben das abgesprochen?«

»Abgesprochen? Nee, ich glaub, die hatten einfach beide einen Bad Hair Day.«

»Und glaubst du, die haben ihren Bad Hair Day abgesprochen?«, hakte Drew nach.

Will verzog wieder das Gesicht, diesmal aber fragend, weil er nicht kapierte, was sie von ihm wollte. »Wie meinst du das?«

»Glaubst du, Henry steht auf Ava?«, platzte Drew heraus. Sie war eine Ninja-Kriegerin, die um halb sieben zum Abendessen zu Hause sein musste, keine Verhörexpertin, die alle Zeit der Welt hatte.

Wills blonde Augenbrauen zogen sich zusammen. »Meinst du Ava R.?«

»Nein.«

»Ava G.?«

»Nein.«

»Ava H.?«

»Ja.«

Will lehnte sich auf die Ellenbogen zurück. »Nee, ich bin ziemlich sicher, dass Henry in Fonda verknallt ist.«

Ziemlich sicher oder ganz sicher?, wollte Drew fragen.

Doch dann schob Will hinterher: »Und ich bin ziemlich sicher, dass ich *dich* mag.«

Auf dieses Thema wollte Drew gerne noch ein bisschen näher eingehen. »Ich bin mir auch ziemlich sicher, dass ich dich mag«, sagte sie und wünschte sich dabei, sie könnte ihm von ihrem Krankenschwesterntraum erzählen. Außerdem wollte sie ihm sagen, dass sie heute in einer Woche nie wieder vom Küssen würde träumen müssen. Weil sie es dann – hoffentlich – getan haben würden.

Stattdessen schwieg sie und ließ sich ihr Geheimnis auf der Zunge zergehen wie ein besonders leckeres Bonbon.

»Cool«, sagte Will.

»Find ich auch«, sagte Drew.

Sie sahen einander an und an und an, bis Drew feuchte Augen bekam. Falls Will dachte, das würde an den Atomic Sours liegen, irrte er sich. Denn das hier waren Freudentränen.

Will schaute Drew in die Augen, dann auf die Lippen, dann wieder in die Augen. Als würde er sein Lieblingsbuch lesen.

Drew zupfte eine Handvoll Gras aus dem Boden.

Will rutschte dichter neben sie. »Du kannst echt gut skaten.«

»Du auch.«

»Ich weiß«, sagte er und grinste.

Sie verpasste ihm einen Klaps auf den Arm.

Er klapste nicht zurück. Stattdessen rutschte er noch ein bisschen näher. So nah, dass Drew sein Kirsch-Atem in die Nase stieg.

Zu nah.

Drew sprang auf. Das KC-Armband rutschte ihr am Handgelenk runter.

»Ich muss los!«

»Was? Wieso?«

»Abendessen.«

Will schaute auf sein Telefon. »Aber es ist doch erst siebzehn nach fünf!«

»Ich hab dir doch gesagt, dass Skaten mich hungrig macht.«

»Schon kapiert«, sagte Will, der offensichtlich versuchte, verständnisvoll zu reagieren. Dabei kapierte er rein gar nichts!

Drew hatte einen Pakt geschlossen. Ein Armband gebastelt. Einen Club mitgegründet. Wie sollte sie ihren Nesties beichten, dass Wills Lippen ihr wichtiger waren als sie?

Unmöglich.

Und so sprang Drew auf ihr Brett und skatete nach Hause. Was in Ordnung war. Echt! Eigentlich war es sogar besser, als Will zu küssen. Denn so konnte sie die Nesties *und* Will haben. Den Club *und* ihren Kuss. Und dazu brauchte sie nur eins zu tun: noch viermal schlafen.

Was ja wohl nicht so schwer sein konnte.

10. KAPITEL

Fonda schrieb ihren Aufsatz über den Goldrausch in Kalifornien fertig und sah noch mal auf die Uhr. Es war 18:07 Uhr, und sie hatte immer noch nichts von Drew gehört. Hätte sie sich doch nur mit den Tatsachen abfinden und Henry vergessen können. Aber ähnlich wie die Goldsucher, die Mitte des 19. Jahrhunderts ins Sacramento Valley gekommen waren, buddelte Fonda weiter. Aus Angst, dass ihr womöglich die große Goldmine entging, wenn sie jetzt aufhörte. Also sah sie noch mal auf ihr Telefon (nichts) und direkt danach noch ein letztes Mal (wieder nichts). Dann ging sie nach unten zum Abendessen.

»Was ist denn hier los?«, fragte sie, als sie die Küche betrat. Oder war das gar nicht die Küche, sondern eine andere Dimension?

Statt des üblichen Chaos saß Amelia mit einer Stoffserviette auf dem Schoß an einem liebevoll gedeckten Tisch. Das Licht war gedimmt, Kerzen flackerten, und aus einem tragbaren Lautsprecher erklang klassische Musik.

»Wonach sieht es denn aus?« Winfrey holte eine Auflaufform mit verschrumpelten grünen Bohnen aus dem Ofen. »Wasch dir die Hände und setz dich.«

»Wo ist Mom?«

»Arbeitet an ihrem Vortrag für die Gala. Sie hat mich gebeten, mich ums Abendessen zu kümmern. Vermutlich zur Übung, weil ich am Wochenende für euch verantwortlich bin.«

Fonda setzte sich. »Hatte sie nicht gesagt, dass wir alle für uns selbst verantwortlich sind?«

»Ja, was die kleinen Sachen wie Bettenmachen und Zähneputzen betrifft.« Winfrey löffelte Fonda Gnocchi auf den Teller, die dem Geräusch nach hart wie Kieselsteine waren. »Aber ich bin verantwortlich für die großen Sachen. Wann ihr abends zu Hause sein müsst, welche Regeln gelten, wer was im Haushalt erledigen muss …«

»Das hat Mom so gesagt?« Fonda versuchte, ein Gnocchi auf ihre Gabel zu spießen. Es war innen noch gefroren und sprang ihr vom Teller.

»Noch nicht. Aber das wird sie, wenn sie dieses Abendessen sieht.« Winfrey schaufelte Fonda eine Schlammlawine aus zerkochtem Gemüse auf den Teller.

Fondas Blick wanderte zu ihrer anderen Schwester. Hatte Amelia gar nicht vor, sich über das lausige Essen zu beschweren? Oder darüber, dass Winfrey ihre Macht offenbar zu Kopf gestiegen war? Nein, Amelia war mit ihrem Telefon beschäftigt und schien nichts von alledem mitzubekommen.

Apropos Telefon.

Fonda überprüfte ihre Nachrichten. Immer noch nichts.

»Woo-hoo!«, machte Amelia und pumpte die Faust in die Luft. »Maddox kommt auch!«

»Keine Telefone bei Tisch«, sagte Winfrey. Dann grinste sie. »Ha! Stell dir mal vor, ich wäre echt so.« Sie goss sich ein Glas Zitronenwasser ein, dann reichte sie Fonda den Krug. »Keine Sorge, Mädels, ich führe zwar ein strenges Regiment, aber so streng dann auch wieder nicht.« Sie stützte das Kinn auf die gefalteten Hände und fragte in bester Neugierige-Mom-Manier: »Und wer ist dieser Maddox?«

»Einer aus der *Zwölften*.« Amelia strahlte.

»Von der Poplar High?«

Amelia nickte.

»Ist er süß?«

»Mega.«

»Hm.« Winfrey legte den Kopf schief. »Und wieso kenne ich ihn dann nicht?«

»Er ist gerade aus Washington hergezogen.«

Winfrey versuchte, ein Gnocchi aufzuspießen, gab auf und erdolchte stattdessen eine Bohne. »Kann er surfen?«

»Vor allem im Internet. Der Typ ist echt ein Genie.«

»Typen sind keine Genies«, wies Joan, die mit dem Laptop in der Hand in die Küche gewirbelt kam, ihre

Tochter zurecht. »Lass dir deine Macht nicht nehmen, Meelie.«

»Guter Punkt, Joan«, sagte Winfrey. »Willst du dich zu uns setzen? Ich kann für dich decken, falls du doch noch Hunger bekommst.«

»Ich wünschte, ich könnte.« Sie schnappte sich eine Banane aus dem Hängekorb mit dem Obst und hastete weiter zur Tür. »Ich hab ein paar Notizen für den Vortrag im Büro vergessen. Bin gleich wieder da.«

»Aber es ist doch erst Dienstag«, bemerkte Fonda. »Und den Vortrag musst du erst am Samstag halten. Kannst du die Notizen nicht morgen holen?«

Je kürzer Fonda mit Winfrey allein sein musste, desto besser. Winfreys plötzliche Freundlichkeit jagte ihr Angst ein.

Joan drückte Fonda einen Kuss auf die Stirn. »Ich beeil mich.«

»Lass dir ruhig Zeit, Joan!«, rief Winfrey ihr hinterher. »Ich hab hier alles im Griff.«

Als die Haustür hinter Joan ins Schloss fiel, sprang Winfrey vom Tisch auf, schnappte sich eine Packung Käsemakkaroni aus dem Tiefkühlfach und stopfte sie in die Mikrowelle. Dann machte sie die klassische Musik aus und ihre Surfergirl-Playlist an und setzte sich mit einem Energydrink in der einen und ihrem iPad in der anderen Hand wieder an den Tisch. »Wie heißt dieser Maddox weiter?«, fragte sie, während sie das Display zum Leben erweckte.

»Weißnich.«

»Wie schreibt sich das?«

Amanda lachte. »Ich meinte, dass ich keine Ahnung habe, wie sein Nachname lautet. Schreib einfach *Maddox* hin.«

»Okay.« Winfrey tippte los. »So, er steht auf der Liste.«

»Wie viele kommen bisher?«

»Einunddreißig. Siebenunddreißig, wenn man Jaxson Redmonds Sixpack mitzählt.«

Fonda stand auf, um ihren Teller in den Geschirrspüler zu räumen. »Wollt ihr meine Gästeliste auch?«

»Ich hab Drew und Ruthie schon aufgeschrieben«, sagte Winfrey. »Du brauchst dich also um nichts mehr zu kümmern.«

»Und was ist mit den anderen Leuten?«

Amelia legte den Kopf schief. »Du kennst noch andere Leute?«

»Ähm, ja? Ich … Ich denke schon?«, sagte Fonda, die plötzlich unsicher geworden war. Es hatten zwar alle, die sie per Textnachricht eingeladen hatte, zugesagt. Aber die Zweifel ihrer Schwester waren ansteckend.

»Na dann, her mit der Liste«, sagte Winfrey.

Fonda musterte sie argwöhnisch. Das musste ja wohl eine Falle sein, oder? »Echt?«

»Rate mal, wer DJ Ripz dazu gebracht hat, uns eine Playlist zusammenzustellen?«, unterbrach Amelia sie.

»Woo-hoo!« Winfrey beugte sich vor und klatschte sich mit Amelia ab. Dann piepte die Mikrowelle, und Amelia sprang vom Tisch auf und schnappte Fonda die letzte Packung Käsemakkaroni aus dem Tiefkühlfach weg.

»Mir ist gerade eine Idee gekommen«, sagte Fonda, als hätte sie nicht die vergangenen Tage damit verbracht,

Pinterest nach »coolen Partysnacks« zu durchforsten. »Wir könnten doch statt Pizza eine Candy Bar organisieren.«

Ihre Schwestern wechselten einen dieser Blicke.

»Es kommen fünfzig Leute«, bemerkte Amanda schnippisch. »Und ein paar davon sind surfende Jungs mit Dauerheißhunger. Ich bezweifle, dass wir mit einer Candy Bar weit kommen.«

»Und wer hat überhaupt was von Pizza gesagt? Wir holen uns einen Taco-Truck.«

»Echt?« Fonda hasste sich dafür, wie beleidigt sie klang. Aber die beiden hätten sie doch ausnahmsweise mal mitentscheiden lassen können, oder? »Und was ist mit einem Fotoautomaten? Ihr wisst schon, so einer mit Kostümen und verschiedenen Hintergründen! Der Typ in meinem Sozialkundekurs hat einen Onkel, der ...«

»Wird da auch eine Zeitmaschine mitgeliefert?«, fragte Amelia, während sie die Mikrowelle einschaltete. »Damit wir zurückreisen können in das Jahr, in dem Fotoautomaten cool waren?«

Winfrey lachte. »In welchem Jahr war das?«

»Gute Frage.«

Das Teletubbie-Gefühl, das Fonda in Henrys Gegenwart gehabt hatte, wurde jetzt durch das genaue Gegenteil ersetzt. Sie kam sich vor, als würde sie zu einer superwinzigen Polly-Pocket-Version ihrer selbst zusammenschrumpfen. Niemand hier interessierte sich für ihre Vorschläge, niemand hier interessierte sich für *sie*. Fonda war so bedeutungslos, dass sie sich genauso gut in Luft auflösen konnte. Sie schaute auf ihr Telefon, damit Winfrey und Amelia nicht bemerkten, dass sie kurz davor war loszuheulen, als … *Ping!*

Fondas Herz hämmerte los. Durch einen Tränenschleier sah sie aufs Display und öffnete ihre Textnachrichten.

Drew!

Fonda erstarrte, ihr Finger schwebte über dem Bildschirm. Einmal tippen. Mehr war nicht nötig. Einmal tippen, und sie würde wissen, ob Henry sie oder Ava H. mochte. Einmal tippen, und sie würde überwältigende Freude oder allerfiesesten Herzschmerz empfinden.

Fonda schloss die Augen und murmelte vor sich: »Bitte lass es gut sein, bitte lass es gut sein, bitte lass es gut s…«

»Hast du einen Schlaganfall?«, fragte Winfrey.

Doch Fonda achtete nicht auf sie und murmelte weiter vor sich hin. Ihr stand ein Moment bevor, der ihr ganzes Leben ändern würde. Ein Moment, der darüber entscheiden würde, ob ihre Zukunft in leuchtenden Frühlingsfarben erblühen oder brechen würde wie ein kahler Ast an einem abgestorbenen Baum.

Bitte entscheide dich für mich, Henry. Bitte entscheide dich für mich …

Fonda liebte die Vorstellung, mit einem Jungen zusammen zu sein, mit dem man Spaß haben konnte. Liebte Henrys entspannte Einstellung und das Selbstbewusstsein, mit dem er seine dunkelbraune Wuschelfrisur trug. Liebte es, dass die Blicke ihrer Mitschülerinnen und Mitschüler zu ihr wanderten, wenn Henry in den Gängen herumplärrte. Sie konnte den Gedanken nicht ertragen, dass sich die Leute stattdessen nach Ava H. umsehen würden. Was sollte dann aus ihr werden? Würde sie für den Rest der Achten als fünftes Rad am Wagen hinter Dill und Owie hertrotten?

Sie würde vom »Mitglied einer Jungs-Mädchen-Clique« zur Ava beneidenden Spätzünderin werden, die einen Kuss-Club gegründet hatte, bei dem sie selbst nicht mitmachen durfte. Nein, kam gar nicht infrage. Es gab nur eins, das schlimmer war, als wichtig sein zu wollen: bei dem Versuch, wichtig zu sein, zu scheitern. Und Henry an Ava H. zu verlieren war *die* Niederlage überhaupt.

Trotzdem musste sie Bescheid wissen. Weil sie alles andere nicht aushalten würde.

Sie blinzelte ihre Tränen weg und las Drews Nachricht.

Dann las sie sie noch mal.

Und noch mal.

Und noch mal.

Und noch mal, noch mal und noch mal. Jedes Mal wurde ihr ein bisschen wärmer, und die Frühlingsvögel in ihrer Brust zwitscherten ein bisschen lauter.

DREW: W sagt, dass H dich mag. #KC

»Er mag mich!«, rief Fonda und stieß dabei Amelia-mäßig die Faust in die Luft. »Er mag *mich!*«

Sie wartete darauf, dass Winfrey fragen würde, von welchem *Er* sie redete, so wie sie es bei Amelia gemacht hatte. Aber ihre Schwestern räumten gerade den Tisch ab und tauschten sich im Flüsterton über Wer-weiß-was aus.

Was Fonda total egal war. Sie brauchte die Aufmerksamkeit ihrer Schwestern nicht. Was sie brauchte, war Henrys Aufmerksamkeit, und die hatte sie bekommen. Der Junge, den sie sich ausgesucht hatte, hatte sie sich zurückausgesucht!

Es ging nicht darum, Ava zu übertrumpfen oder endlich die Kusserfahrungen zu sammeln, von denen alle glaubten, dass sie sie längst gemacht hatte. Es ging nicht darum, Winfreys und Amelias Respekt zu erlangen oder im KC zu bleiben. Es ging um Henry und Fonda. Um Honda.

Vor allem aber um Fonda.

(Und ein kleines bisschen auch um den ganzen Rest.)

11. KAPITEL

»Wir treffen uns in einer Stunde hier wieder«, sagte Ruthies Mutter zu Ruthie, Fonda und Drew. Dann fügte sie sicherheitshalber hinzu: »In der Kosmetikabteilung von Nordstrom«, nur für den Fall, dass nicht allen Anwesenden klar war, was mit »hier« gemeint war.

Allerdings musste man Dr. Fran Goldman zugutehalten, dass Ruthie heute zum ersten Mal Geld von ihrem Sparkonto abgehoben hatte, um mit den Nesties Klamotten shoppen zu gehen. Die Frau hatte also jedes Recht der Welt, misstrauisch zu sein. Bisher war Ruthie schließlich immer rundum glücklich gewesen mit ihren fröhlichen, leuchtend bunten Printmustern. Aber jetzt wollte sie plötzlich etwas »Raffinierteres«. Und zwar für …

»… die TSF«, hatte Ruthie ihrer Mutter erzählt. »Rhea meinte, dass wir uns nicht für das Leben kleiden sollten, das wir haben, sondern für das Leben, das wir uns wünschen.« Was zwar stimmte, aber nicht der Grund dafür war, dass sie das Geld, das sie beim Babysitten verdient hatte, für ein neues Outfit ausgeben wollte. Der eigentliche Anlass war Ruthies Verabredung mit Owen, bei der sie ihm von ihrem Plan erzählen wollte: einen zweiten ersten Kuss von ihm zu bekommen, damit sie im Kuss-Club mitmachen konnte. Und sicherlich schadete es nicht, wenn sie dabei hinreißend aussah. Allerdings würde sie ihrer Mutter das ganz bestimmt nicht auf die Nase binden.

»Passt gut auf meinen Enkel auf«, witzelte Dr. Fran, ehe sich ihre Wege trennten. »Und nicht vergessen ...«

»... in einer Stunde sind wir wieder hier«, unterbrach Ruthie sie. »Schon klar.«

Und damit führte Fonda die Nesties durch die Kosmetikabteilung davon, in der Parfüm verspritzende Frauen die Luft mit einer schwülstigen Mischung aus Blumendüften verpesteten, die Ruthie in der Nase brannte.

»Seit wann reicht es eigentlich nicht mehr, Weichspüler zu benutzen?«, fragte sie.

»Nase zu und durch«, sagte Drew. »Anders geht es nicht.«

»Konzentriert euch«, ermahnte sie Fonda, als sie den Fahrstuhl betraten. »Wir haben nicht viel Zeit.«

»Aber es geht doch nur um ein Outfit«, warf Ruthie ein. »Wie lang kann das schon dauern?«

»Oh, aber es geht um mehr als nur ein Outfit. Wir müssen weiter denken. Es ist Mittwoch. Und am Samstag ist die Party.«

»Na und?«

»Das heißt, du hast drei Tage Zeit, um dein Baby-Atom-Mama-Ich abzustreifen und wieder die alte verknallte Ruthie zu werden. Hast du Owen überhaupt schon gefragt, ob er was mit dir unternehmen will?«

»Nein, aber er sagt Ja. Vertraut mir.« Die Frage, ob Owen mit ihr ausgehen würde, war Ruthies kleinste Sorge. Wenn sie nicht gerade miteinander abhingen, war er zu Hause. Und zwar allein. »Die viel wichtigere Frage lautet: Ist Atom bei euch in guten Händen, während wir bei unserem Date sind?«

Drew streckte die Arme aus. »Ich will zuerst!« Ihr Konkurrenzdenken war nicht unterzukriegen.

Als sie den Fahrstuhl verließen, legte Ruthie ihr das Baby in die Arme, woraufhin mehrere Kunden ungläubig die Köpfe schüttelten, weil sie Atom für echt hielten.

»Pass gut auf meinen Sohn auf«, sagte Ruthie so laut, dass alle Anwesenden es hören konnten.

»Aber natürlich«, erwiderte Drew genauso laut. »Vergiss nicht, dass ich selbst zwei Kinder zu Hause habe.«

»Das ist doch gar nichts«, fügte Fonda hinzu. »Fragt mal mich mit den Drillingen.«

Damit stolzierten sie an den Erwachsenen vorbei und taten so, als würden sie gar nicht bemerken, was für eine Schockwirkung sie hatten. Ihr Publikum wiederum bemerkte nicht, dass die Schultern der Nesties vor unterdrücktem Gekicher bebten, das sie erst rausließen, als sie in der Abteilung für junge Mode hinter dem Sale-Ständer in Deckung gegangen waren. Aber dann kugelten sie sich vor Lachen.

Es waren Momente wie dieser, die Ruthie überhaupt in ihre unschöne Lage gebracht hatten. Momente, in denen sich die Nesties wegen Sachen schlapplachten, die sonst vermutlich kaum jemand witzig fand. Der Kuss-Club mit seinen Geheimnissen und Ritualen und Versammlungen würde für Tausende weiterer solcher hysterischen Momente sorgen, und Ruthie blutete das Herz bei der Vorstellung, auch nur einen davon zu verpassen.

Fonda begann, die Kleiderständer zu durchwühlen. »Hast du dir schon überlegt, wo euer Date stattfinden soll?«, fragte sie und holte Ruthie und Drew damit wieder ins Hier und Jetzt zurück.

»Nicht so richtig«, sagte Ruthie. Eigentlich hatte sie bisher über nichts anderes nachgedacht als die Erleichterung, die sie empfinden würde, wenn Owen ihr erst versprochen hatte, ihr aus dieser Misere zu helfen.

»Meine Mom donnert sich für ihre Abende mit meinem Dad immer total auf.« Drew hielt Atom mit einem Arm und durchforstete mit dem anderen die Kleiderständer. »Was total sinnlos ist, weil sie jedes Mal sofort ihre Jogginghosen anzieht, wenn sie wieder zu Hause sind, und …«

»Drew!«, unterbrach Ruthie sie. »Atoms Kopf kippt nach hinten.«

»Hä?«

»Du musst sein Köpfchen stützen!«

Drew legte die Hand auf seinen Kopf.

»Nein, nicht da oben! Unten im Nacken.«

Als Drew es endlich richtig hinbekommen hatte, merkte sie im Flüsterton an: »Du weißt schon, dass er nicht echt ist, oder?«

»Aber er macht fünfundsiebzig Prozent unserer Halbjahresnote in Gesundheitskunde aus. Und Owen bringt mich um, wenn ich uns den Schnitt ruiniere.«

»Nicht, wenn er dich in dem hier sieht.« Fonda hielt ein rosarot geblümtes Top mit Rüschenärmeln und einem tiefen Rückenausschnitt hoch. »Es passt sogar zu unseren Kuss-Club-Armbändern.«

Drew rieb das Material zwischen ihren Fingern und verzog das Gesicht. »Das ist aber kratzig.«

»Und was soll ich dazu untenrum tragen?«, fragte Ruthie.

»Beine.« Fonda kicherte. »Das ist ein Kleid.«

»Vielleicht für ein Neugeborenes«, sagte Ruthie. »Aber nicht für mich.« Nachdem sie sich selbst kurz umgesehen hatte, fragte sie: »Und wie wäre es damit?«

»Das ist ein *Jumpsuit!*«

Ruthie nickte.

»Und sind das da auf den Knien Smileys?«

Ruthie nickte erneut. »Zu kindisch?«

»Nein«, sagte Fonda. »Zu jumpsuitig.«

»Aber sie muss sich wohlfühlen«, warf Drew ein. »Ich laufe ständig in Jogginghosen rum, und Will stört das überhaupt nicht.«

»Aber Owen achtet auf seine Kleidung, also sollte Ruthie das auch tun.«

Ruthie stellte sich vor, wie Owen bei ihr klingelte und bei ihrem Anblick hörbar nach Luft schnappte. Er würde nicht mit Worten sagen müssen, dass er sie hübsch fand, weil seine bewundernden Blicke reichen würden.

Bei der Vorstellung, so angehimmelt zu werden, bekam sie Herzflattern.

Nicht den üblichen kleinen Hopser, den ihr Herz machte, wenn sie ein Puzzle fertig bekam oder bei einem Test die volle Punktzahl erhielt. Sondern das sonnenwarme Gefühl-X-Flattern, von dem sie immer noch nicht wusste, wie sie es nennen sollte. Ruthie hatte noch nie darüber nachgedacht, dass Owen sie hübsch finden könnte. Intellektuell anregend? Klaro. Aber hübsch? Fehlanzeige. Doch jetzt, wo sie einmal damit angefangen hatte, konnte sie gar nicht mehr aufhören, sich vorzustellen, wie sich sein Blick im wahren Leben wohl anfühlen würde.

»Und wie wäre es damit?«, fragte Fonda. Sie hielt einen Jeansrock und ein hellblaues T-Shirt mit ausgefallenen Puffärmeln hoch. »Das passt zu deinen Augen.«

Das Outfit war eine perfekte Mischung aus dem, was Ruthie war (zurückhaltend), und dem, was sie sein wollte (elegant). Und da die Sachen auch noch um sechzig Prozent reduziert waren, brauchte sie nicht länger nachzudenken. Zwei Minuten später klatschte sie das Geld auf den Tresen und schlug vor, dass sie sich zur Feier des Tages eine Tüte Mini-Donuts holten.

Obwohl es bis Thanksgiving noch mehrere Wochen waren, vibrierte das Einkaufszentrum vor Feiertagsstimmung. Die Schaufenster waren mit Lichterketten dekoriert, und durch die Gänge hallte passende Musik. Und natürlich ging kein Passant an den Nesties vorbei, ohne verblüfft Atom zu mustern, was jedes Mal wieder einfach zum Wegschmeißen war.

Als sie zum Donut-Laden kamen, sagte Fonda: »Hey, schau mal. Der Typ da in der dunklen Jeans und dem Blazer sieht aus wie eine niedliche Version von Owen.«

»Was meinst du mit *niedliche Version*?«, fragte Ruthie. Sie war selbst überrascht, wie schnell sie bereit war, ihn zu verteidigen. Es stimmte zwar, dass er sich wie ein Jachtbesitzer anzog und auf dem E-Bike herumzufahren seine einzige sportliche Betätigung war, aber das war doch nicht unniedlich! Eigentlich gefiel es ihr sogar, dass er sich nicht so anzog wie die anderen Jungs in der Schule und dass er nicht fürs Surfen, Skaten oder Computerspielen lebte. Hätte sie sich zu Owen hingezogen gefühlt (was nicht der Fall war!), wäre sein ausgefallener Style sicher einer der Gründe dafür gewesen.

»Wo?«, fragte Drew und reckte sich, um zwischen den Kleinkindern, die Münzen in den Brunnen warfen, und den müden Moms, die ihnen hinterherjagten, etwas erkennen zu können. »Ich seh ihn nicht.«

»Ich auch nicht«, sagte Ruthie. »Außerdem hasst Owen Einkaufszentren. Er findet sie langweilig und deprimierend.« Trotzdem nahm sie Drew zur Sicherheit Atom wieder ab.

»Da drüben!« Fonda zeigte auf das gegenüberliegende Ende der Plaza, wo ein Junge mit Owens federndem Gang, gegeltem Haar und lederner Schultertasche eine

Buchhandlung betrat und sich dabei eine Tüte Popcorn mit … mit einem Mädchen teilte! Sie hatte von der Sonne gebleichtes, welliges Haar, trug einen superkurzen Jumpsuit und hatte einen Rucksack auf dem Rücken, an dem massenweise Schlüsselketten klimperten. Weswegen der Junge da drüben unmöglich Owen sein konnte. Weil Owen sich mit solchen Klischees nicht abgab. Und falls doch, hätte Ruthie es als Erste erfahren.

»Das ist kein niedlicher Owen«, sagte Drew.

»Genau.«

»Das ist der normale Owen mit einem niedlichen Mädchen.«

Atom fing an zu heulen.

In Ruthies Ohren klingelte es, und sie bekam einen Tunnelblick. Die Nordstrom-Tasche auf ihrer Schulter kam ihr plötzlich unendlich schwer vor, die Träger schnitten ihr tief in die Haut ein. Sie wollte irgendwas sagen, irgendwas *tun.* Doch stattdessen stand sie einfach da wie vom Blitz getroffen und hatte ungefähr eine Million Gefühle auf einmal.

»Er betrügt dich!«, schnaubte Fonda mit bebenden Nasenflügeln. Ihre Wut war echt, ihr Beschützerinstinkt gewaltig.

Aber Owen betrog Ruthie nicht. Das konnte er gar nicht, weil sie nicht zusammen waren. Trotzdem war ihr schlecht. Weil sie sich nämlich trotzdem betrogen fühlte. Obwohl sie genau wusste, dass sie kein Recht dazu hatte. Owen und sie waren kein Paar, er war ihr nichts schuldig. Sie waren Freunde, und er konnte rumhängen, mit wem er wollte. Aber wieso wollte er ausgerechnet mit diesem Mädchen da rumhängen? Warum wollte er nicht mit *Ruthie* rumhängen?

»Du musst unbedingt zu ihm und ihn darauf ansprechen«, sagte Fonda.

»Nein, ich will keine voreiligen Schlüsse ziehen«, beschwichtigte Ruthie sie. Was sie jetzt brauchte, war Zeit. Zeit, um die Spitzenmeldung des Tages zu verarbeiten. Zeit, um herauszufinden, was sie dabei empfand. Und Zeit, um herauszufinden, wieso sie überhaupt so viel dabei empfand.

»Na gut«, sagte Drew, »dann verfolgen wir die beiden eben und finden auf diesem Weg heraus, was da los ist.«

Sie packte Ruthie am Handgelenk und zerrte sie gemeinsam mit Fonda hinter sich her zur Buchhandlung, ehe Ruthie protestieren konnte.

»Da sind sie«, sagte Fonda, als sie zwischen den Regalreihen herumschlichen.

»Vielleicht ist sie ja seine Cousine«, überlegte Ruthie laut.

»Igitt«, sagte Drew. »In der Liebesroman-Abteilung? Wo sie das gleiche Buch kaufen?«

»Halbcousine vielleicht?«

Fonda und Drew wechselten einen »Arme Ruthie«-Blick.

Und wenn Ruthie ehrlich war, bemitleidete sie sich ebenfalls. Nicht weil Owen in jemanden verknallt war, sondern weil er ihr nichts davon erzählt hatte. Sie hatte gedacht, sie würden einander näherstehen.

»Wenn *du* nicht mit ihm redest, mach ich's«, sagte Fonda und schob sich die Ärmel bis zu den Ellenbogen hoch.

»Ich kann nicht!«

»Wieso?«, fragte Drew.

Ruthie wurde schwindelig. Was sollte sie auf diese Frage antworten? Als wäre es nicht schlimm genug, dass ihr ihre Lügen über den Kopf wuchsen, hatte sie jetzt auch noch Probleme, die Wahrheit zu verarbeiten. »Ich will keine Szene machen.«

»Dann mach *ich* eben eine«, sagte Fonda.

Aber genau in diesem Moment fing Atom an zu weinen. Owen drehte sich um.

»Lauft!«, rief Ruthie gepresst.

Und das taten sie. Den ganzen Weg zurück zu Nordstrom. Bei jedem Schritt prallte die Tüte gegen Ruthies Bein; eine grausame Erinnerung daran, wie albern es gewesen war, sich einzubilden, dass sie mit einem Outfit einen Jungen dazu bringen konnte, sie anzuhimmeln. Einen Jungen, der damit beschäftigt war, jemand anders anzuhimmeln.

Vor allem aber fragte Ruthie sich bei jedem Rempler, ob sie die größte Lüge von allen nicht vielleicht sich selbst erzählte. Weil ihre Gefühle für Owen womöglich viel komplizierter waren, als sie gedacht hatte.

12. KAPITEL

Drew lag auf dem Bett und starrte hoch zu den Sternen, die sie zusammen mit den Nesties an ihre Zimmerdecke geklebt hatte, als sie acht gewesen war. Ein kleines bisschen Sonnenlicht war noch übrig, ehe es dunkel wurde und die Sterne anfangen würden zu leuchten. Aber gerade kam es Drew trotzdem so vor, als würden sie strahlen. So wie alles strahlte, wenn sie mit Will redete.

»*Owen?*«, fragte er. »Der Owen? Owen Lowell-Klein?«

»Genau der«, sagte Drew. Das Telefon an ihrem Ohr kam ihr heiß vor.

»Mit einem anderen Mädchen?«

»Jepp.«

»Wann?«

»Heute Nachmittag.«

»Im Einkaufszentrum?«

»Jepp.«

»Wow.«

»Was denn?«

»Ich kann nicht fassen, dass er Ruthie so was antut.« Er verstummte kurz. »Haben die beiden nicht gerade erst ein Baby bekommen?«

Drew musste lachen. »Was soll Ruthie deiner Meinung nach jetzt machen?«, fragte sie, weniger weil sie sich Gedanken um Ruthie machte, sondern weil sie sich für Wills Perspektive interessierte. Fand er, dass Ruthie Owen den Laufpass geben sollte, oder war er dafür, dass sie um ihre Beziehung kämpfte? Kurz überlegte sie, ob sie ihm einen Wink geben sollte, welche Antwort sie hören wollte – die Antwort, die beweisen würde, dass Will ein Typ war, der sich langfristig binden wollte. Aber dann ließ sie es bleiben. Das hier war eine Charakterprobe, und er würde sie ohne Hilfestellung bestehen müssen.

»Ich finde, sie sollte mit Owen reden«, antwortete er, nachdem er kurz überlegt hatte. »Und herausfinden, was da los ist.«

Drew musste lächeln. »Finde ich auch.«

»Ich meine, wieso sollte Owen heimlich was mit einer anderen haben? Ist ja nicht so, dass sie verheiratet wären. Wenn er nicht mehr mit Ruthie zusammen sein will, kann er ihr doch einfach den Laufpass geben, oder?«

Drew brauste auf. »Dann ist es also in Ordnung, heimlich eine andere zu haben, wenn man verheiratet ist? Ist es das, was du sagen willst?«

»Ja«, sagte Will, »wenn man ein totaler Mistkerl ist. Aber ich glaube nicht, dass Owen ein totaler Mistkerl ist. Er läuft vielleicht rum wie ein Buchhalter, aber das macht mein Dad auch, und der ist schwer in Ordnung.«

»Dein Dad ist Buchhalter?«

»Nein.«

Drew musste lachen und überlegte, Will davon zu erzählen, dass Doug und sie ihre kaputten Skateboards zu Kunstwerken verarbeitet und sie mit Lederriemen an ihre Zimmerwände gehängt hatten. Aber das hatte nichts mit dem Thema zu tun. Es war einfach nur etwas, wovon sie Will erzählen wollte. Stattdessen sagte sie: »Drachen würden es bestimmt total spektakulär finden, dass wir Menschen Wasser mit dem Mund machen können«, weil sie herausfinden wollte, ob er den Gedanken genauso schräg finden würde wie Henry. Falls ja, konnte sie Fonda mitteilen, dass Henry nicht der einzige Junge ohne Fantasie war.

»Vielleicht fänden sie es ja auch gar nicht spektakulär«, sagte er.

O nein …

»Vielleicht würden sie uns bemitleiden.«

»Bemitleiden? Wieso das denn?«

»Weil das Wasser in unserem Mund der Grund dafür ist, dass wir kein Feuer spucken können.«

»Stimmt!« Drew strahlte. »Aber Wasser im Mund ist was Gutes.«

»Wieso?«

»Ohne könnten wir nicht küssen, weil uns sonst die Gesichter wegschmelzen würden.«

Will musste lachen. »Apropos schmelzende Gesichter …«

Ding-donnnng!

Drews Herz begann zu wummern. Sie war gern allein zu Hause, aber nicht, wenn irgendjemand unangekündigt an ihrer Haustür klingelte.

»Hier ist jemand«, flüsterte sie.

»Wo?«, flüsterte er zurück.

»Bei mir zu Hause.«

»Na und? Bei uns zu Hause sind ständig Leute.«

»Nein! Vor der Tür!«

»Mach auf.«

»Aber ich bin allein zu Hause«, murmelte Drew. »Was, wenn das ein Mörder ist?«

»Ich bleibe am Telefon, okay? Wenn es sich um einen Mörder handelt, brüllst du einfach *Drache!*, und ich rufe die Polizei.«

Drew schlich die Treppe runter, öffnete die Tür und schnappte nach Luft.

Will?!

Er stand auf der Fußmatte und drückte sich lächelnd sein Telefon ans Ohr. »Überraschung!«

Drews gesamter Körper begann zu bitzeln. Was vermutlich damit zusammenhing, dass ihre Zellen lächelten. »Was machst *du* denn hier?«

Sie legten auf.

»Apropos schmelzende Gesichter«, nahm Will den Faden wieder auf. »Ich wollte dir gern was zeigen.« Er stellte seinen Rucksack ab und holte das Einmachglas mit den Atomic Sours heraus. Inzwischen war es fast leer.

»Revanche«, sagte er. »Ich hab weitergeübt. Bereit? Eins … zwo … drei!«

Sie warfen sich jeder ein Atomic Sour in den Mund.

Will traten die Tränen in die Augen, aber er verzog keine Miene. »Siehst du? Kein Problem.«

»Cool!«, sagte Drew.

»Danke.« Wills jeansblaue Augen funkelten ein bisschen.

Drews Herz funkelte zurück.

Dann kam Will näher.

Und näher.

Bis sie Zeh an Zeh standen.

Drews Knie fühlten sich ganz weich an. Ihre Haut prickelte. Ihr Wangen brannten. Etwas Großes würde gleich geschehen. Etwas Magisches.

Aber nein, das durfte es nicht. Nicht jetzt! Große magische Etwasse dieser Art sollten am Samstag stattfinden. Sie musste es aufhalten, musste warten, aber …

Drew beugte sich vor.

Will beugte sich vor.

Und vor und vor, bis Wills Augen zu einem einzigen Riesenauge verschmolzen und er aussah wie ein Zyklop.

Drew schloss die Augen.

Will schloss sein Auge.

Wills Lippen berührten ihre.

Wills Lippen öffneten sich.

Drews Lippen öffneten sich.

Wills Zunge mit dem Kirschgeschmack bohrte sich in ihren Mund, und …

Iihh!

Drew zuckte zurück.

»Alles in Ordnung?«, fragte Will.

Ja, mit mir schon. Aber mit dir nicht!, wollte Drew sagen. Weil (*würg!*) mit seiner Zunge irgendwas ganz und gar nicht stimmte.

Fühlten sich alle Zungen so an, als wären sie aus Schleifpapier? War das normal? Oder hatte Will eine tödliche Krankheit? Und war die vielleicht ansteckend?

»Alles in Ordnung«, brachte Drew heraus.

»Sicher?«

Sie nickte.

Will wirkte erleichtert. Er fummelte sich im Nacken herum und nahm die Muschelkette ab. »Hier«, sagte er und legte sie Drew in die Hand.

»Wofür ist die?«

Er sah sie durch seine blonden Haarsträhnen an. »Für dich.«

»Danke«, sagte Drew mit einem erzwungenen Lächeln. »Wir sehen uns dann morgen.«

Sie knallte ihm die Tür praktisch vor der Nase zu und hasste sich noch im selben Moment dafür, dass sie so unhöflich gewesen war. Sie hätte sich bei ihm dafür bedanken müssen, dass er vorbeigekommen war. Hätte ihn bitten müssen, ihr die Kette umzulegen. Ihm versprechen müssen, dass sie ihn später noch anrufen würde. Aber Drew war wütend auf Wills Zunge, weil sie nicht so war wie in ihren Träumen. Ihr erster Kuss hatte sich angefühlt, als hätte sie eine Baustelle abgeleckt, und sie konnte nicht mal den Nesties davon erzählen. Und auch sonst niemandem. Tatsächlich würde sie sogar so tun müssen, als hätte es diesen Kuss nie gegeben.

Und das Schlimmste daran? In drei Tagen würde sie das alles noch mal machen müssen.

13. KAPITEL

Donnerstag war Labbrige-Burritos-Tag, und Fonda *liebte* labbrige Burritos. Vorsichtig trug sie das schimmernde Bohnenbündel durch den überfüllten Mittagsgarten und legte es voller Vorfreude auf ihrem Stammtisch ab.

»Ich kann nicht fassen, dass du das Zeugs isst«, sagte Drew, während sie ihre Knusperdinos auspackte.

»Ich *muss* sogar.«

»Wieso?«

»Um nicht zu vergessen.«

»Was willst du nicht vergessen?« Drew schnaubte. »Dass du an Lebensmittelvergiftung sterben könntest?«

Fonda beugte sich vor und flüsterte: »Dass ich mal der labbrige Burrito war.«

»Ich hab keine Ahnung, was du mir damit sagen willst.«

Fondas Blick wanderte zum Basketballfeld, wo Will und Henry Hotdogs aus der Cafeteria aßen und die Mittagspause mit Skaten verbrachten. »Dass Henry mich mehr mag als Ava H., bedeutet noch lange nicht, dass ich es mir leisten kann, übermütig zu werden«, sagte sie und fühlte sich dabei trotzdem ein winzig kleines bisschen übermütig. »Der labbrige Burrito erinnert mich daran, woher ich komme, verstehst du?«

Drew schob sich einen Dino in den Mund. »Ehrlich gesagt nicht. Aber die Grundidee gefällt mir.« Dann murmelte sie: »O nein.« Sie drehte dem Basketballplatz den Rücken zu und senkte den Kopf, wodurch ihr Gesicht von ihrem blonden Haar verdeckt wurde.

»Was ist los?«

»Will und Henry haben uns gerade gesehen.«

»Na und?«

»Sie kommen rüber!«

Fonda zupfte sich die Locken zurecht. »Na und?«

»Mir ist gerade einfach nicht danach, die beiden zu sehen, okay?«

»Echt?«

Drew nickte.

»Wieso?«, fragte Fonda. »Will hat dir eine Halskette geschenkt. Du bist die PUBZ-Meisterin!«

»Pssst!«, zischte Drew. »Da sind sie.«

Mit ihren Skateboards in der Hand schlurften die beiden Jungs auf die Mädchen zu wie zwei Cowboys in einem altmodischen Westernfilm.

»Schöne Kette«, sagte Will, als er sich neben Drew

setzte. Was ganz schön seltsam war. Weil sie in der Mittagspause nie an einem Tisch saßen.

Henry sagte gar nichts. Er rückte sich nur seinen orangefarbenen Lids zurecht, sodass er seine Augen bedeckte, wodurch Fonda unmöglich erkennen konnte, ob er sauer, gelangweilt oder einfach von der Sonne geblendet war. Ehe sie mehr herausfinden konnte, kamen die Avas in den Mittagsgarten und liefen mit schwingendem Haar zu ihrem Stammtisch. Alle beobachteten sie. Und alle taten so, als würden sie es nicht tun. Ava H.s Haar war nicht ganz so auffällig wie sonst, weil sie ihren Lids trug. Wie eine Baskenmütze natürlich.

Fondas Herz machte einen kleinen Sprung. War es vor Schreck, weil Henry und Ava H. beide ihre Lids trugen? Oder vor Glück, weil Fonda wusste, dass sie keinen Lids brauchte, um gemocht zu werden? (Schließlich saß Henry neben ihr. Und hatte Will erzählt, dass er sie mochte. Sie. Nicht Ava.) Oder war sie plötzlich nervös? Schließlich waren es nur noch zwei Tage bis zu ihrem Kuss, und sie hatten immer noch nicht darüber geredet, ob sie jetzt eigentlich zusammen waren oder nicht. Überhaupt hatten sie eigentlich noch gar nicht richtig miteinander geredet, und sie hatte nicht das Gefühl, Henry wirklich zu kennen.

Fonda bekam Bauchzwicken und schob ihren Burrito beiseite.

»Isst du den noch?«, fragte Henry.

»Zu labbrig.«

»Darf ich ihn dann haben?«

»Klar«, sagte Fonda. Hoffnung stieg in ihr auf. Wenn Henry den labbrigen Burrito mochte und Fonda der labbrige Burrito *war*, dann mochte Henry Fonda. Wobei sie ohnehin nicht an Wills Worten gezweifelt hatte. Aber mit Bestätigungen war das so eine Sache. Sie waren ein bisschen wie Erdnussflips: Man brauchte mehr als eins, um wirklich zufrieden zu sein. Und im Augenblick brauchte Fonda eine XXL-Packung Bestätigungsflips. Woran sich nichts ändern würde, bis Henry ihr sein Interesse offen zeigte. »Weißt du was?«

»Was?«, fragte Will, obwohl sie eigentlich mit Henry geredet hatte.

»Ich organisiere für unsere Party einen Taco-Truck.«

Henry biss in den Burrito. »Echt?«

»Jepp«, sagte Fonda, als sei das Ganze ihre Idee gewesen. »Und DJ Ripz hat eine Playlist zusammengestellt.«

»Cool!« Will klatschte sie ab. »Wie hast du *das* denn hinbekommen?«

Fonda zuckte mit den Achseln, als sei das ihre leichteste Übung gewesen.

Will warf Drew einen aufgeregten Blick zu. Drew erwiderte den Blick, als hätte sie Periodenschmerzen. Irgendwas stimmte zwischen den beiden nicht.

»Hagu wame Exox?«, fragte Henry. Zumindest glaubte Fonda, dass es sich um eine Frage handelte. Sein Mund war so voll, dass es schwer zu sagen war.

»Was hast du gesagt?«, flötete Fonda in dem Versuch, sich nicht anmerken zu lassen, wie eklig sie seine Tischmanieren fand. Vielleicht war der Burrito ja einfach zu heiß. Oder Henry fühlte sich in ihrer Gegenwart inzwischen so wohl, dass er sich benahm wie zu Hause. Oder sie war zu pingelig und entspannte sich besser mal.

»Ich sagte …« Henry schluckte und versuchte es noch mal. »Hast du eine Xbox?«

»Oh«, sagte Fonda. »Nein, wieso?«

»*Call-of-Duty*-Challenge«, erwiderte er.

Fonda hatte nicht den blassesten Schimmer, wovon er redete.

»Mein Bruder geht aufs College, aber ich spiele in seiner Liga und tu so, als wäre ich er.« Er lachte in sich hinein. »Seine Teamkollegen haben keine Ahnung. Jedenfalls ist am Samstag ein wichtiges Spiel, also …«

»Cool«, sagte Fonda.

Aber war es das? Sie wusste, dass Henry auf alles stand, was mit Militär zu tun hatte. Er trug ständig Camouflage-Shorts und hatte die Klassenfahrt des Grauens nicht auf Catalina Island, sondern in Camp Pendleton verbringen wollen. Und jetzt hatte er sie ernsthaft gefragt, ob er auf ihrer Party *Call of Duty* spielen konnte?

»Hey«, sagte Ava H., als sie an ihrem Tisch vorbeikam und ihren roten Lids dabei zur Schau stellte wie einen Verlobungsring. »Ich freu mich mega auf Samstag. Die Jungs kommen doch auch, oder?«

»Ich schon«, sagte Will. »Henry hat was mit seiner Freundin vor.«

»Du hast eine Freundin?«, fragte Ava H. empört.

In Fondas Bauch begann es zu kribbeln. Wenn Henry jetzt Ja sagte, bewies er damit, dass er erstens mit ihr zusammen und zweitens stolz darauf war. Sie konnte sich in seiner Gegenwart endlich entspannen und musste sich nicht mehr ständig fragen, was er wohl für sie empfand. Sie konnte das Z in PUBZ ausfallen lassen und darauf vertrauen, dass er sie am Samstag küssen würde. Aber was, wenn er Nein sagte?

»Klar hat Henry eine Freundin«, antwortete Will für ihn. »Sie heißt Xbox.«

Avas Gesichtsausdruck wurde weicher, und die Farbe kehrte in ihre Wangen zurück.

Fonda wusste zwar nicht, wie es um ihre eigene Wangenfarbe bestellt war, ging aber mit einiger Sicherheit davon aus, dass sie von einem kränklichen Grün war. Das Z war also doch nötig.

»Wollen wir skaten?«, fragte Will an Drew gewandt.

»Öhm …« Drew warf Fonda einen Rette-mich-Blick zu. Fonda erwiderte ihn mit einem Was-ist-los-mit-dir?-Blick. Drew schaute auf den Boden. Ihr stummes Gespräch war vorüber. Was ganz und gar nicht gut war. Die Nesties erzählten einander einfach alles. Und wenn das nicht möglich war, lasen sie die Gedanken der anderen. Aber was hier gerade passierte, konnte Fonda nicht entschlüsseln. Drews Signal war blockiert.

»Komm schon«, drängelte Will. »Gehen wir skaten.«

»Lass doch«, sagte Drew. »Henry isst noch, ich will nicht unhöflich sein.«

Henry stopfte sich den letzten Bissen Burrito in den Mund. »Fertig! Will behauptet, du kannst einen Tail Drop.«

»Kann ich ja auch«, sagte Drew.

Henry hob ungläubig die Brauen.

Drew stand auf. »Du glaubst mir nicht?«

»Nee.«

»Dann schau mal her.« Drew schnappte sich Henrys Brett und skatete davon. Henry schnappte sich Wills Brett und jagte ihr hinterher. Dann rannte Will den beiden nach.

»Darf ich dich mal was fragen?«, sagte Ava H. zu Fonda, als sie allein waren.

Fonda stand auf. »Klar, worum geht's?« Vielleicht brauchte Ava ja noch ein Tagetäschchen. Oder sie wollte wissen, was sie auf der Party anziehen sollte. Oder die anderen Avas und sie hatten sich zerstritten, und jetzt suchte sie eine neue Clique. Aber so heftig, wie Fondas Herz wummerte, ging es vermutlich um etwas anderes.

»Bist du … bist du mit Henry … zusammen?« Ava H.s Stimme klang leise und hell wie die von einem Kind und so verletzlich, dass Fonda sie am liebsten umarmt hätte.

»Sind wir«, sagte Fonda freundlich. »Also, offiziell noch nicht, aber ich weiß, dass er mich mag. Wieso?«

Ava schaute auf ihre Metallic-Slipper runter. »Ach, ich dachte einfach, wenn du ihn nicht magst, dann könnte ich es vielleicht versuchen.«

»Oh, wie lieb von dir, danke!«, sagte Fonda. Sie wusste selbst nicht, wieso sie Avas Worte als Kompliment auslegte. Henry war schließlich kein stylishes Accessoire. Er war ein Junge. Ein Junge, den sie zufällig mochte. Und hier wurde es verwirrend. Denn wenn sie Henry so mochte, wieso gefiel es ihr dann, dass Ava H. ihn auch mochte?

»Ähm, bitte?«, erwiderte Ava H., die Fondas Antwort ebenfalls verwirrend zu finden schien.

»Ich meinte damit, danke, dass du so ehrlich bist.«

»Ach so, kein Problem.« Ava schaute rüber zum Basketballplatz und seufzte. »Ich wette, du musst ständig an ihn denken.«

»Stimmt«, sagte Fonda.

Aber stimmte das wirklich? Sie dachte daran, was Henry über sie dachte. Sie dachte daran, was andere von ihnen als Paar hielten. Sie dachte an den Kuss-Club. Daran, wer den ersten Schritt wagen würde. Ob sie alles richtig machen würde. Ob *er* alles richtig machen würde. Was *alles richtig machen* in dem Zusammenhang überhaupt bedeutete. Aber einfach nur an Henry hatte Fonda noch nie gedacht.

»Tja, dann hoffe ich mal, das mit euch hält.«

Fonda legte den Kopf schief. »Wie meinst du das?«

Ava H. legte ihr eine Hand auf die Schulter. »Ach, du weißt schon. Für immer eben.«

»Echt?«, fragte Fonda.

»Klar, ich will doch, dass Henry glücklich ist«, sagte Ava. »Und du sollst auch glücklich sein.«

»Wow«, murmelte Fonda. Das war alles kein bisschen so wie im Kino, wo beliebte Mädchen mit glänzenden Haaren durchweg gemein waren. In der Realität konnten beliebte Mädchen mit glänzenden Haaren offenbar nämlich auch selbstlos, verletzlich und nett sein. »Danke.«

»Kein Ding«, sagte Ava H. Und dann ging sie davon, und Fonda blieb allein im Mittagsgarten stehen. Allerdings war sie gerade viel zu verblüfft, um sich deswegen unsicher zu fühlen.

Gerade wusste sie selbst nicht, was sie schockierender finden sollte: dass Ava sich so fair verhielt oder dass sie von *für immer* gesprochen hatte. Bis gerade war *für immer* überhaupt keine Option gewesen. Weil Fonda nie weiter gedacht hatte als bis Samstagabend. Und wenn doch, dann hatte sie sich vorgestellt, wie sie Geschichten mit den Nesties austauschte und … nichts *und*. Das war alles.

Was eigentlich nur eins bedeuten konnte: dass Henry vermutlich nicht der Richtige *für immer* war, sondern vielleicht – ganz vielleicht nur – der Richtige für *Ava*.

14. KAPITEL

»Was rennst du denn so?«, fragte Sage, als Ruthie nach der Mittagspause, in der sie Skizzen von den Santa Ana Mountains angefertigt hatten, mit ihr ins Klassenzimmer zurückkehrte.

»Tu ich doch gar nicht«, schnaufte Ruthie.

Tat sie aber.

Atom steckte in seinem Babybjörn und schlug ihr bei jedem Schritt, mit dem sie ihrem Elend davonzurennen versuchte, gegen die Brust. Vielleicht würden sich bei ausreichender Geschwindigkeit all ihre unangenehmen Gefühle von ihrem Körper loslösen wie die Schubraketen von einem Weltraum-Shuttle.

»Es liegt daran, dass du auf Owen sauer bist, oder?«

Ruthie legte eine Vollbremsung hin. »Nicht so laut, Sage!« Dann flüsterte sie: »Woher weißt du überhau…«

»Tja, und ich bin sauer auf *dich*«, unterbrach Sage sie und stapfte wütend an ihr vorbei.

»Auf mich? Aber was hab ich dir denn getan?«, fragte Ruthie, während sie hinter Sage herhetzte.

»Du hast mir nichts von Owen und dir erzählt.«

»Aber was soll es da denn zu erzählen geben?« Meinte Sage den ersten Kuss oder Ruthies Versuch, ihn zu vertuschen?

»Erstens seid ihr zusammen. Zweitens war er gestern mit einem anderen Mädchen im Einkaufszentrum. Und drittens kann ich nicht fassen, dass ich das alles von Ava G. erfahren musste anstatt von dir. Ausgerechnet Stiefie!«

»*Stiefie* hat dir davon erzählt?«

Sage hielt Ruthie ihr Telefon vors Gesicht, damit sie die Textnachrichten lesen konnte, die ihre Stiefschwester heute um 11:17 Uhr geschickt hatte:

STIEFIE: Übrigens, deine Freundin mit dem Pony hat gestern ihren Freund mit einer anderen im Einkaufszentrum gesehen. Sie haben sich geküsst und sich Popcorn geteilt. Ponyfrisur war so wütend, dass sie ihn mit Donuts beworfen hat. Ich liebe sie dafür.

SAGE: FREUND?!?!

STIEFIE: Owen Irgendwas?

SAGE: Woher weißt du das alles?

STIEFIE: Ich hab Englisch mit ihren Freundinnen.

SAGE: Und sie haben dir das alles erzählt?

STIEFIE: Nein, ich kann Lippen lesen.

Ruthies schockgefrorene Eingeweide schienen plötzlich in Flammen zu stehen. Owen war ihr Freund? Er hatte das Mädchen aus dem Einkaufszentrum geküsst? Ruthie hatte ihn mit Donuts beworfen? Aber das war doch alles gelogen! Bösartiger Tratsch! Fake News! Da die Wahrheit allerdings noch schlimmer war, fragte sie nur: »Ava G. kann Lippen lesen?«

»Sie hört besser als jeder Hund. Und einen schlechteren Atem hat sie auch.« Sages Blick wanderte gen Himmel, dann zurück zu Ruthie. »Ich dachte, wir sind Freundinnen.«

Die Hitze in Ruthies Bauch begann zu brodeln. Sie wusste genau, wie Sage sich gerade fühlte. Weil Ruthie sich genauso gefühlt hatte, als sie Owen mit dem Popcornmädchen gesehen hatte: wie die letzte Idiotin, weil sie sich eingebildet hatte, sie sei ihm wichtig. »Wir *sind* doch auch Freundinnen. Ich wollte dir davon erzählen, sobald wir allein sind.«

»Das hatte ich mir schon gedacht«, erwiderte Sage mit einem zufriedenen Lächeln. »Und nur, damit du's weißt: Dieser schäkernde Herzensbrecher ist für mich gestorben.«

Ruthie öffnete den Mund, um Owens Ehre zu verteidigen. Er war vieles, aber ganz sicher kein schäkernder

Herzensbrecher. Und da sie streng genommen kein Paar waren, hatte Owen sie noch nicht einmal betrogen. Was Ruthie allerdings nicht sagte. Sie sagte einfach gar nichts. Denn Owen hatte sie verletzt, ganz gleich, ob sie jetzt zusammen waren oder nicht. Vielleicht hatte sie es nicht anders verdient, weil sie ihn belogen hatte, aber trotzdem war sie gerade einfach zu sehr am Boden zerstört, um aufzustehen und für ihn *ein*zustehen.

Zum Glück ertönte in diesem Moment der Gong, der sie zur fünften Stunde rief. Das Gespräch mit Sage war zu Ende.

Im Klassenzimmer schaltete Rhea die Babys aus und wartete, bis sich alle gesetzt hatten.

»Heute haben wir einen ganz besonderen Gast«, fing sie an. »Schwester Beverly dreht gerade ihre Runde durch die Poplar Middle und erteilt den glücklichen Achtklässlerinnen und Achtklässlern Aufklärungsunterricht. Ich bitte um Applaus für Schwester Beverly!«

Während alle klatschten, beugte sich Owen zu Ruthie, zeigte auf Atom und flüsterte: »Für Blümchen und Bienchen ist es aber ein bisschen zu spät, was?«

Ruthie zuckte mit den Achseln.

»Du weißt schon, weil wir doch längst ein Baby haben.«

»Ja, schon kapiert.«

Ruthie wusste, dass sie gemein zu ihm war, aber sie konnte einfach nicht anders. Owen durfte abhängen, mit wem er wollte. Trotzdem fühlte sie sich hintergangen. Oder … nein, *hintergangen* war das falsche Wort. Sie fühlte sich *austauschbar*. Was bekam Owen von Popcornmädchen, das Ruthie ihm nicht geben konnte? Waren die Gespräche mit ihr anregender? Besaß sie mehr als siebenunddreißig ausländische Filme? *Plus* einen Reiskocher, weil sie einen Escape-Room-Rekord gebrochen hatte? Ruthie bezweifelte es.

Aber warum dann?

»Stimmt was nicht?«, fragte er.

»Keine Ahnung«, erwiderte Ruthie schnippisch. »Sag du es mir.«

Sie sah ihm in die braunen Augen. Doch ihre Hoffnung, alles in ihnen lesen zu können, was sie über seine Gefühle für Popcornmädchen und seine Gefühle für sie selbst wissen wollte, wurde enttäuscht.

»Ehe wir heute anfangen«, sagte Schwester Beverly, »möchte ich euch bitten, jeweils eine Frage über die Pubertät aufzuschreiben, die euch beschäftigt. Eine Frage, die ihr laut niemals stellen würdet. Am Ende des Unterrichts ziehe ich eine oder zwei und beantworte sie.« Sie reichte eine Asics-Schuhschachtel herum.

Ohne eine Sekunde nachzudenken, schrieb Ruthie: *Ich bin nicht in meinen besten Freund verknallt. Wieso stört es mich dann so, dass er in eine andere verknallt ist?*

»Ein gemeinsames Kind zu haben, ist, als hätte man einen Versuchspartner im Chemielabor. Damit eure Partnerschaft funktioniert und produktiv ist, müsst ihr euch die Arbeit teilen, einander zuhören und ähnliche Ziele verfolgen.« Beverly setzte sich auf die Tischkante von Rheas Pult und beugte sich vor, als würde sie gleich eine bahnbrechende Enthüllung machen. »Aber wisst ihr, was noch viel produktiver ist?«

»Ein Kindermädchen?«, fragte Owen.

Sage warf Ruthie einen Blick zu und formte mit den Lippen das Wort *Dummdödel*.

»Nein, kein Kindermädchen«, antwortete Schwester Beverly und versuchte, sich ein Grinsen zu verkneifen. »Ehrlichkeit.«

Amen, dachte Ruthie. Wenn sie und Owen ehrlich miteinander gewesen wären, hätte sie ihn einfach auf Popcornmädchen, das Einkaufszentrum und die Liebesromane ansprechen können. Vielleicht wäre dieses Gespräch dann aber auch gar nicht nötig gewesen. Weil nichts von alledem passiert wäre. Was Ehrlichkeit betraf, waren sie die totalen Nieten.

»Kommt, lasst es uns mal probieren«, sagte die Krankenschwester, als sei »produktive Partnerschaft« eine neue Fro-Yo-Sorte. »Setzt euch mit eurem Erziehungspartner zusammen und macht nacheinander Folgendes …« Sie deutete auf die Anweisungen, die sie auf das Whiteboard geschrieben hatte. »Stellt zunächst klar, dass ihr wisst, wie schwer das Elterndasein nicht nur für euch selbst, sondern auch für den anderen ist. Sprecht dann ehrlich über die Höhen und Tiefen, die ihr deswegen durchlebt. Und wenn ihr fertig seid, bittet ihr euren Partner, dasselbe zu tun.« Sie zupfte sich am Ohr wie eine Kindergärtnerin. »Und nicht vergessen: *Zuhören* heißt das Zauberwort.«

»Mommys zuerst«, sagte Owen und hüpfte auf seinem Sitzball näher zu Ruthie.

Ruthie sog hörbar Luft ein. »Okay. Also, es ist hart für uns beide, uns um Atom zu kümmern.«

»Stimmt.« Owen nickte. »Aber er gibt einem auch viel zurück.«

»Klar«, stieß Ruthie mühsam hervor. Dann sagte sie: »Was hast du gestern eigentlich gemacht?«

Owen schaute verwirrt zur Tafel hoch. »Häh?«

»Bist du nach der Schule noch unterwegs gewesen?«

Er musterte das Whiteboard eingehend. »Ich verstehe nicht, was das mit unserer Aufgabe zu tun hat.«

Ruthie verschränkte die Arme vor der Brust und stierte ihn finster an. Dabei stellte sie sich vor, sie sei eine FBI-Agentin, die ihn so lange knallhart verhörte, bis er mit der Wahrheit herausrückte.

»Okayyyy. Lass mich überlegen.« Owen rutschte auf seinem Sitzball hin und her. »Ich war im Einkaufszentrum, bin heimgefahren, habe eine Poke Bowl gegessen und dann *Mein Freund, der Oktopus* angeschaut.«

Ruthie sah rot. Sie liebte diese Doku! Ob Owen sie mit Popcornmädchen angeschaut hatte?

»Mit wem warst du im Einkaufszentrum?«

Owen warf einen Blick auf seine Apple Watch. »Allein.«

»Bist du dir da sicher?«, fragte Ruthie. Ihr Blut brodelte, ihre Zellen bebten.

»Ja, aber ich verstehe immer noch nicht, was das …«

»Ich kann mich nicht erinnern, wann ich zuletzt in einer Buchhandlung war.«

»Könnte daran liegen, dass du den Duft von Bibliotheken liebst.«

Ruthie empfand ein kurzes Freudenkribbeln. Owen kannte sie so gut! Aber das Kribbeln mal beiseite, war Owen einfach nicht ehrlich zu ihr. Und dass er genau wusste, was sie mochte, reichte nicht, um das auszugleichen.

»Ich bin dran«, sagte er. »Mir ist bewusst, dass es für uns beide nicht einfach ist, ein Baby zu haben.«

Ruthie nickte.

»Mein Hoch an dieser Erfahrung war für mich, mit dir zusammenarbeiten zu dürfen. Mein Tief war alles andere. Was waren deine Hochs und Tiefs?«

»Dasselbe.«

Owen neigte den Kopf zur Seite. »Bist du sicher, dass alles in Ordnung ist?«

Ruthie verkrampfte sich. Das hier war ihre Chance, ehrlich zu ihm zu sein. Sie konnte Owen erzählen, dass sie mit ihm hatte ausgehen wollen und extra ein Outfit dafür gekauft hatte. Dass sie vorgehabt hatte, ihm vom Kuss-Club zu erzählen, und ihn dann zu bitten, sie auf Fondas Party ein zweites Mal zum ersten Mal zu küssen. Wie sie sich vorgestellt hatte, wie sie über die ganze Geschichte lachen würden. Und wie sich schlagartig alles geändert hatte, als sie Popcornmädchen sah. Doch stattdessen sagte Ruthie: »Alles bestens.«

Natürlich war es unlogisch, dass sie Ehrlichkeit von Owen erwartete, selbst aber nicht aufrichtig war. Aber ein Klassenzimmer war nicht der richtige Ort für so ein ausführliches Geständnis. Zumindest redete sie sich das ein.

Rhea schlug den Gong, und Schwester Beverly nahm den Unterricht wieder auf. Nicht, dass Ruthie auch nur ein Wort davon mitbekommen hätte. Dafür hatte sie viel zu laute Gefühle. Und dann noch die mitleidigen Blicke von Sage, Alberta, Tomoyo, Conrad, Everest und Zandra, die sie ebenfalls ablenkten. Sage musste ihnen erzählt haben, dass Owen eine andere hatte, wodurch Ruthie sich allerdings eher schlechter als besser fühlte. Klar hatte Owen es verdient, dass sie ihm die kalte Schulter zeigte. Aber deswegen brauchte man doch nicht gleich seinen Ruf zu ruinieren!

»Und jetzt zu euren Fragen.« Schwester Beverly zog einen Zettel aus der Schuhschachtel und las vor: »Der Freund meiner Freundin hat eine andere. Sie sollte ihn sitzenlassen, richtig?«

Owen beugte sich zu Ruthie rüber und flüsterte: »Geht es um Alberta?«

Ruthie ignorierte seine Frage und warf Sage einen bösen Blick zu, die aber mit Unschuldsmiene einen ihrer rosafarbenen Zöpfe zwirbelte und lautlos mit den Lippen »Gern geschehen« formte.

»Gute Frage«, sagte Schwester Beverly. Rhea nickte zustimmend. »Die Pubertät ist in Hinsicht auf Beziehungen eine besonders schwierige Zeit, weil ihr so viele Veränderungen durchlebt. Ich ermutige meine Schülerinnen und Schüler stets, es langsam angehen zu lassen und sich wirklich gut kennenzulernen, ehe …«

»Sie kennen sich wirklich gut, aber er betrügt sie trotzdem«, sagte Sage. Adieu, Anonymität!

Owen beugte sich wieder zu Ruthie. »Oder Zandra?«

Ruthie zuckte mit den Achseln.

»In eurem Alter bedeutet so eine Situation vermutlich, dass der Junge eigentlich Schluss machen will, aber nicht weiß, wie er das sagen soll. Deine Freundin nimmt das vermutlich sehr persönlich. Hilf ihr zu verstehen, dass Gefühle keine Tatsachen sind. Dass sie sich wertlos *fühlt*, heißt noch lange nicht, dass sie auch wertlos *ist*.«

Ruthie hob die Hand. »Woran merkt man es, wenn ein Gefühl doch eine Tatsache ist?«

»Ah, tolle Frage«, sagte Schwester Beverly. »Und meine Antwort lautet: gar nicht. Gefühle fühlen sich für den Moment echt an, aber sie sind unbeständig und flüchtig. Egal, was ihr fühlt, ihr solltet erst mal nicht handeln. Gebt jeder Situation vierundzwanzig Stunden, dann überdenkt ihr alles noch einmal. Stellt euch die Frage, ob das, was euch gerade so durcheinanderbringt, nächste Woche noch die gleiche Wirkung auf euch hätte. Oder in einem Monat. Oder nächstes Jahr. Wenn die Antwort Nein lautet, lasst es auf sich beruhen.«

Ruthie ließ sich die Sache kurz durch den Kopf gehen. Würde es sie in einer Woche noch interessieren, wenn Owen mit Popcornmädchen herumhing?

Ja. Weil das sieben weitere Tage voller Geheimniskrämerei und Lügen bedeutete.

Würde es sie in einem Monat noch interessieren, wenn Owen mit Popcornmädchen herumhing?

Ja, weil Owen dann weniger Zeit für Ruthie haben würde. Und weil sie es vermissen würde, hinten auf seinem E-Bike mitzufahren. Sie würde es vermissen, mit ihm zu lernen, Filme mit ihm zu schauen und Mylady genannt zu werden.

Würde es sie in einem Jahr noch interessieren, wenn Owen mit Popcornmädchen herumhing?

In diesem Punkt war sich Ruthie nicht ganz sicher. Bis dahin hätten Owen und sie vermutlich kaum mehr etwas miteinander zu tun. Sie würden sich daran gewöhnt haben, sich nicht mehr zu sehen. Vielleicht würde sie ihn nicht mal mehr vermissen.

Ruthie schnappte nach Luft. Bei der Vorstellung, Owen *nicht* zu vermissen, vermisste sie ihn so schrecklich, dass sie kaum mehr Luft bekam. Und das war kein Gefühl. Es war eine Tatsache.

»Habt ihr noch Fragen zu dem Thema?«, wollte Schwester Beverly wissen.

»Nein«, sagte Ruthie. Weil sie ihre Antwort gerade bekommen hatte. Gefühl X war kein mysteriöses Etwas aus Sonnenlicht und Windspielen. Es war Zuneigung, Anziehungskraft, Verliebtheit. Und das bedeutete, dass Ruthie immer noch wollte, dass Owen ihr Freund war.

Und zwar ihr *nicht* rein freundschaftlicher Freund.

15. KAPITEL

Normalerweise betrachtete Drew das Ende der Mathestunde als Anlass zum Jubeln. Heute war es eher ein Anlass für erhöhten Magensäureausstoß.

Vor der Kusskatastrophe gestern Abend hatte sie sich immer bemüht, Will zwischen den Stunden wenigstens kurz zu sehen. Jetzt aber hatte sie keine Ahnung, wo zwischen ihrem Paktbrecherkuss, Wills Schleifpapierzunge und ihrem unangenehmen Aufeinandertreffen beim Lunch ihr Platz war, und versuchte verzweifelt, ihm aus dem Weg zu gehen.

Heute Mittag – genauer gesagt, als Henry und sie lachend vor Will davongeskatet waren – hatte es einen Augenblick gegeben, in dem Drew geglaubt hatte, es gäbe einen Ausweg aus ihrer Zungenpanik. Dann war sie über ein paar Kiesel gerollt, die sie an Wills Zunge erinnerten, und direkt wieder in die Realität zurückkatapultiert worden.

Am schlimmsten aber war, dass sie außerdem versuchte, Fonda aus dem Weg zu gehen. Während der Mittagspause hatte Fonda eindeutig gespürt, dass Drew etwas vor ihr verheimlichte. Und sie hatte ja recht! Es gab nur eins, was schlimmer war, als sich vor ihrem Schwarm zu ekeln: sich vor ihrem Schwarm zu ekeln und ihren Nesties nichts davon erzählen zu können.

Drew zählte bis drei, dann tauchte sie ab in den Schülerstrom im Gang und lief los. Mit gesenktem Kopf schlängelte sie sich durch die Menge, bis sie bemerkte, dass jemand an ihrer Hoodie-Kapuze zupfte.

Ihr stockte der Atem.

»Was *machst* du denn da?«

Fonda.

Drew spähte auf ihre Vans mit Schachbrettmuster, dann zum Wasserspender, dann wahllos auf die vorbeihastenden Leute … überallhin, solange es nur nicht diese allwissenden Augen waren.

»Ich muss zu Sozialkunde. Wieso?«, fragte sie den Boden.

»Du läufst im Zickzack.«

»Ja, weil ich … weil ich Leute belauscht hab.«

»Belauscht?« Fonda lachte und schnaubte gleichzeitig. »Wieso?«

»In zwei Tagen ist deine Party. Ich wollte wissen, ob die Leute darüber reden.«

Drews Magen brannte. Das war die womöglich schlechteste Ausrede aller Zeiten. Aber sie schämte sich einfach zu sehr und wollte nicht zugeben, dass die Hormone sie dermaßen aus der Bahn geworfen hatten, dass sie nicht mal drei Tage hatte warten können, um Will zu küssen. Dass es ihr an Selbstbeherrschung mangelte und sie sich dadurch für die Mitgliedschaft im Kuss-Club disqualifiziert hatte. All diese Dinge hatten eine große Gemeinsamkeit mit UGG-Hauslatschen: Man versteckte sie lieber irgendwo, wo niemand sie sehen konnte.

»Und?«, fragte Fonda.

»Was *und?*«

»Hat jemand darüber geredet?«

»Nein, was total seltsam ist, weil es ja nur noch zwei Tage sind. Was, wenn keiner kommt? Vielleicht solltest du die Party lieber abblasen.«

»Abblasen?«, fragte Fonda, aber nicht in ihrem typischen Das-ist-ja-wohl-nicht-dein-Ernst-Tonfall. Sie klang eher nachdenklich. Als würde sich dadurch ein Problem lösen, von dem Drew nichts wusste. »Glaubst du echt, das wäre besser?«

»Öhm …« Drew überlegte, ihr dazu zu raten, die Party auf jeden Fall abzusagen. Aber Fonda freute sich schon die ganze Woche darauf. Und alle anderen auch. Selbst für eine hormonell gestörte Paktbrecherin wie sie wäre das zu selbstsüchtig, zu gemein gewesen. »Ich finde, du solltest trotzdem feiern. Es werden schon genug Leute kommen.«

»Ja«, antwortete Fonda, während sie den Gruppenchat mit der Einladung sicherheitshalber noch mal durchlas. »Keiner hat abgesagt.« Sie hielt Drew das Display vor die

Nase. »Siehst du?« Dann fügte sie mit einem Hauch von Enttäuschung in der Stimme hinzu: »Ich fürchte, wir kommen da sowieso nicht mehr raus, selbst wenn wir wollten.«

»Willst du denn?«, hakte Drew vorsichtig nach.

»Nein!«, versicherte Fonda ein kleines bisschen zu entschieden. »Wieso? Du etwa?«

»Nö.« Drew wandte den Blick ab und sah sich im Gang um. Immer noch keine Spur von Will. Aber irgendwann würde er aufkreuzen. »Komm, wir müssen zum Unterricht.«

Fonda schaute auf ihr Telefon. »Aber wir haben noch drei Minuten.«

»Ja, drei Minuten, um einen guten Platz zu finden.«

»Wir sitzen doch das ganze Jahr über auf denselben Plätzen.« Fonda packte Drew bei den Schultern. »Okay, jetzt reicht's. Raus mit der Sprache.«

Drew fuhr mit den Fingern über Wills Muschelkette, aber (*würg!*) die war ja auch ein bisschen rau! »Mit welcher Sprache denn?«

»Du benimmst dich schon den ganzen Tag total seltsam.«

Drews Hände wurden schweißfeucht. Sollte sie Fonda einfach die Wahrheit sagen? Aber was genau sollte sie sagen? Dass ihr Wills Lippen wichtiger waren als die Freundschaft mit den Nesties?

Drew suchte so verzweifelt nach einem Ausweg, dass sie ernsthaft in Betracht zog, eine Ohnmacht vorzutäuschen. Doch in diesem Augenblick kam Schwester

Beverly, umgeben von einer Schülertraube, aus dem TSF-Korridor.

Eine Sonnenbrille auf der Nase und eine Asics-Schuhschachtel an die Brust gedrückt, eilte sie mit dem entschlossenen Tempo eines Promis, der versuchte, einen schnellen Abgang zu machen, durch die Poplar Middle. »Los, ab mit euch ins Klassenzimmer. Ich komme morgen wieder, dann haben wir mehr als genug Zeit für eure Fragen.«

»Fremdscham!«, sagte Fonda. Drew nickte stumm.

Als sich die Horde weiterhin weigerte aufzugeben, verkroch sich Schwester Beverly in der Mädchentoilette. Der Schülerpulk wollte ihr schon nach drinnen folgen, da läutete es zur sechsten Stunde.

»Ich muss mal«, sagte Drew zu Fonda, weil sie hoffte, dass die Krankenschwester schon mal mit einem Patienten mit Schleifpapierzunge zu tun gehabt hatte und vielleicht eine Lösung wusste.

»Jetzt?«

»Die Blase macht nun mal, was sie will. Wir sehen uns gleich im Unterricht.«

Schwester Beverly stand vor dem Spiegel und trug dunklen Puder auf ihr ohnehin schon gebräuntes Gesicht auf. Drew fasste sich ein Herz, stellte sich an das Waschbecken neben ihrem und wusch sich die Hände.

»Ich will später auch mal Krankenschwester werden.«

Schwester Beverly suchte Drews Blick im Spiegel und grinste. »Ach ja?«

»Ich finde es spannend, zu wissen, was in unseren Körpern passiert. Und wie man sie repariert, wenn sie kaputtgehen.« Den Teil, bei dem es darum ging, süßen Jungs das Leben zu retten, damit sie sich in sie verliebten, ließ sie aus. Beverly war schließlich Krankenschwester, keine Psychotherapeutin.

»Das sind richtig gute Gründe. Es gibt nichts Schöneres, als verletzten Menschen dabei zu helfen, sich wieder besser zu fühlen.«

»Kann ich mir vorstellen«, sagte Drew. Weil sie es sich ja wirklich ständig vorstellte. »Haben Sie schon mal jemanden behandelt, den Sie mögen?«

Schwester Beverlys freundliches Lächeln enthüllte eine Reihe Tic-Tac-weißer Zähne. »Ich mag all meine Patienten.«

»Ich meinte *richtig* mögen.« Drew wurde rot.

»Tja, also …« Schwester Beverly bekam einen verträumten Ausdruck in den Augen. »Als ich fünf war, hatte ich einen besten Freund namens Calvin.« Die Erinnerung brachte sie zum Lächeln. »Eines Tages spielten wir bei mir in der Einfahrt Fangen und *Zack!* stolperte Calvin über seinen Schnürsenkel und schrammte sich das Knie auf. Das Blut lief ihm übers Bein, er heulte, und …« Sie verstummte. »Und jetzt kommt der merkwürdige Teil der Geschichte. Willst du ihn hören?«

Drew nickte.

»Ich konnte es nicht abwarten, die Wunde zu reinigen. Und da wusste ich …«

»… dass Sie Calvin lieben?«

»Nein!« Sie lachte auf. »Da wusste ich, dass ich die Fähigkeit habe, Menschen wieder gesund zu machen. Und ich beschloss, diese Fähigkeit so oft wie möglich zu nutzen.«

»War Calvin dankbar, dass Sie ihm geholfen haben? Hat er Ihnen danach seine Liebe gestanden?«, fragte Drew halb im Scherz. Aber nur halb.

Schwester Beverly lachte leise in sich hinein. »Nein. Calvin war so sauer, dass ich ihm ein Hello-Kitty-Pflaster aufgeklebt hatte, dass er wegrannte, ohne sich zu bedanken.« Ihr Blick zuckte zum Waschbecken. »Du wäschst dir aber gründlich die Hände.«

Drew drehte den Hahn ab. »Keime«, sagte sie, als würde das alles erklären.

»Ich wünschte, es gäbe mehr junge Leute wie dich. Dann würden sich manche Viren nicht halb so schnell verbreiten.«

Schwester Beverly ließ ihren Kompaktpuder in ihrem Schminktäschchen verschwinden und zog den Reißverschluss zu. »Also, hat mich gefreut, dich …«

»Hatten Sie schon mal einen Patienten mit einer Schleifpapierzunge?«, platzte Drew heraus.

»Mit einer was?«

»Na, einer Zunge, die so rau war wie Schleifpapier! Ist so was normal?«

»Ach, was ist schon normal? Jeder Körper ist anders. Soll ich mir deine Zunge mal ansehen?«

»Nein! Es geht nicht um mich, sondern um jemanden, den ich kenne.«

»Vielleicht hat er ja Herpes oder einen Pilz. Oder eine Lebensmittelallergie. Ich würde ihm raten, mal zum Zahnarzt zu gehen.«

»Woher wussten Sie, dass es um einen Jungen geht?«, empörte sich Drew.

Schwester Beverly zwinkerte ihr zu. »Krankenschwesternintuition.« Dann schob sie sich den Riemen ihrer Tasche über die Schulter, nahm ihre Schuhschachtel wieder hoch und grinste. »Eines Tages wirst du die auch haben.«

»Hoffentlich«, sagte Drew und sah Schwester Beverly traurig hinterher. Das hier war das erste halbwegs ehrliche Gespräch gewesen, das sie heute mit jemandem geführt hatte.

Sie lief den leeren Gang entlang und fragte sich, wie sie als Krankenschwester zurechtkommen sollte, wenn sie nicht einmal mit einer einzigen albernen Schleifpapierzunge umgehen konnte. Allerdings würde sie ihre Patienten ja wohl auch nicht küssen müssen, oder?

Würg!

Alles wäre in Ordnung gewesen, hätte sie nicht den Pakt gebrochen und Will geküsst. Jetzt war Drew verurteilt zu einem Leben voller Scham, Lügen und Bedauern. Natürlich konnte sie versuchen, den gestrigen Abend zu vergessen, und Will am Samstag einfach noch mal küssen. Dann konnte sie den Nesties auch von der Schleifpapierzunge erzählen, im Kuss-Club mitmachen und …

Und dann was?

Sollte sie Will sagen, dass sie lieber nur mit ihm befreundet sein wollte? *Es liegt nicht an dir, es liegt an deiner Zunge …*

Aber Drew *mochte* Will!

Sie mochte *Dill*.

Zumindest bis gestern Abend. Seitdem brachte der Gedanke an Dill ihr Herz nicht mehr zum Flattern. Und er verleitete sie auch nicht mehr zu romantischen Tagträumen.

Wenn Drew jetzt an Dill dachte, geriet sie eher an den Rand eines Nervenzusammenbruchs.

16. KAPITEL

Normalerweise stopften sie sich am Freitagabend immer mit ihren typischen Sleepover-Snacks voll: ungesundes Zeug bei Fonda, Ananas bei Drew oder Takeaway von der Falafel Factory bei Ruthie. Aber Winfrey und Amelia wollten heute beim Abendessen die Einzelheiten für die Party morgen besprechen – ein Abendessen, an dem Joan wieder einmal nicht teilnehmen konnte, weil sie zu viel zu tun hatte. Und ausnahmsweise einmal hatten Winfrey und Amelia Fonda eingeladen, sich zu ihnen zu setzen. Nachdem sie sich ein Leben lang danach gesehnt hatte, nicht mehr von ihren Schwestern ausgeschlossen zu werden, wollte sie jetzt auf keinen Fall auch nur eine Sekunde verpassen.

Nur dass sie gleichzeitig am liebsten *jede* Sekunde verpasst hätte. Und zwar nicht nur von der Planung mit ihren Schwestern, sondern auch den Kuss. Die Party. Den Druck.

Einfach.

Alles.

Eben.

Als Drew heute Vormittag (seltsamerweise) vorgeschlagen hatte, die Party einfach abzublasen, war ein finsterer Teil von Fonda zum Leben erwacht. Bis dahin hatte sie diesen Teil versteckt gehalten, weil sie zu große Angst hatte, ihn sich näher anzusehen. Was, wenn sie feststellen musste, dass sie nichts weiter war als ein unsicheres, kleines Mädchen, das viel zu viel Schiss hatte, die Sache durchzuziehen? Und dann hatte Drew *Zack!* einfach das Licht eingeschaltet, und Fonda hatte nur noch eins gesehen: einen Weg, sich den ganzen Kummer zu ersparen.

Aber offenbar hatte sie Drew falsch verstanden, und hier saß sie nun. An einem Tisch mit ihren Schwestern, um die Nacht zu planen, die ihr Leben für immer ändern würde. Wenn das Wochenende vorüber war, würde Fonda Henry geküsst haben. Sie würde zusammen mit ihren Nesties Mitglied im exklusiven Kuss-Club sein. Würde mit den Avas im Flüsterton über die Vor- und Nachteile von Mund- und Nasenatmung diskutieren können und in die Geschichte der achten Jahrgangsstufe eingehen als das Mädchen mit der Highschool-Hausparty, dem coolen DJ, dem Taco-Truck. Sie würde genauso sein wie ihre Schwestern. Also stopfte Fonda ihr unsicheres, verängstigtes Ich wieder zurück in die hinterste, finsterste Nische in ihrem Kopf und versuchte, das Positive zu sehen.

»Was *ist* das?«, fragte sie und stocherte in den blauen Klumpen auf ihrem Teller herum.

»Kartoffeln«, erklärte Winfrey und warf sich ihr braunes Haar mit den karamellfarbenen Strähnchen über die Schulter.

»Aber sind Kartoffeln nicht eigentlich gelb?«

Winfrey rieb sich die Hände an ihrer *Deine Meinung stand nicht im Rezept*-Schürze trocken und setzte sich. »Ich hab ein bisschen Lebensmittelfarbe reingetan. Sieht voll süß aus, oder? Hau rein.«

»Ich hab Bauchweh«, stöhnte Fonda. Weil sie nämlich wirklich Bauchweh hatte. Trotz ihres Versuchs, nur das Positive zu sehen, lag ihr das Gespräch mit Ava H. im Mittagsgarten wie ein Stein im Magen.

Avas glitterumrandete Augen hatten die Umgebung nach Henry abgesucht wie Suchscheinwerfer. Sie mochte ihn so sehr, dass sie sich für ihn freute, dass er Fonda hatte, solange er dabei nur glücklich war. Aber *war* Henry denn glücklich?

Ihre Cliquentreffen nach der Schule schienen ihm Spaß zu machen. Sie hatten viel zu lachen. Es hatte ihn nicht gestört, dass Fonda mit zum Surfshop gekommen war, als er seinen Hut besorgen wollte. Und gestern beim Mittagessen hatte er sich freiwillig zu ihr gesetzt. Aber war er auch glücklich? Und war *Fonda* glücklich?

Klar mochte sie Henry. Er war witzig, entspannt und hatte ein super Instagram-Gesicht. Aber *mochte* sie ihn auch? Nein. Jedenfalls nicht so sehr wie Ava H.

Ihre Magenkrämpfe wurden schlimmer. Ob ihre Innereien versuchten, ihr damit zu zeigen, was sie nicht wahrhaben wollte? Dass nämlich ein Junge nicht der Richtige war, wenn sie sich in seiner Gegenwart wie ein Teletubbie fühlte? Dass er nicht der Richtige war, wenn sie ihn zu ihrer Party einlud und er lieber *Call of Duty* spielen wollte? Und dass er NICHT! DER! RICHTIGE! WAR!, wenn er Fonda am Straßenrand stehen ließ, um mit Ava H. Pizza essen zu gehen?

Und wer wollte schon seinen ersten Kuss vom nichtrichtigen Jungen bekommen?

Ihr Magen krampfte wieder. Noch eine Botschaft aus ihrem Inneren. Diese hier forderte sie auf, den Pakt des Kuss-Clubs wieder aufzulösen. Aber wie? Indem sie Drew und Ruthie sagte, dass sie ihre Meinung bezüglich Henry geändert hatte? Dass sie nicht bereit war? Dass es in Ordnung für sie war, das einzige Mädchen in der ganzen Jahrgangsstufe zu sein, das noch nie einen Jungen geküsst hatte? Nein. Das konnte sie ja noch nicht mal sich selbst gegenüber richtig eingestehen.

Vielleicht wusste Joan Rat. Klar, ihre Mutter war Single. Aber irgendwelche Erfahrungen mit Jungs musste die Frau ja wohl gemacht haben. Damals auf der Highschool oder so.

Fonda stand auf.

»Wo willst du hin?«, fragte Amelia, die eindeutig verhindern wollte, Winfreys Kochkünsten ganz allein ausgeliefert zu sein.

»Ich muss mit Mom reden.«

»Joan übt ihren Vortrag und will nicht gestört werden«, sagte Winfrey. »Und ich hab hier das Sagen.« Sie lehnte sich in ihrem Stuhl zurück. »Gibt es vielleicht etwas, womit *ich* dir helfen kann?«

Ja. Wenn sie die gesamte Party abblies, wäre das tatsächlich hilfreich gewesen. Weil sie Fonda damit die perfekte Ausrede geliefert hätte, um den Pakt aufzulösen.

Nur dass Winfrey die Party im Leben nicht abblasen würde. Aber was, wenn Fonda ihre Schwester dazu brachte, sie nicht mehr mitfeiern zu lassen?

»Ja, es gibt da tatsächlich was, das mir helfen würde«, sagte Fonda. »Du könntest endlich mal kochen lernen.«

Winfrey schnappte nach Luft.

»Hast du das gerade echt gesagt?« In Amelias Tonfall schwangen Entsetzen und Bewunderung zu gleichen Teilen mit.

»Ja, hab ich, Amelia. Weil irgendjemand es mal sagen *musste*. Also, wie wäre es, wenn wir diese blauen Schlumpfköttel hier in den Mülleimer verfrachten und uns um die wirklich wichtigen Dinge im Leben kümmern, angefangen beim Taco-Truck? Ich meine, Bohnen auf einer Party? Danach bebt der Laden zwar, aber sicher nicht wegen der Musik.«

Vier Augenbrauen wanderten nach oben. Amelia und Winfrey wechselten einen Blick, den Fonda nur zu gut kannte. Er bedeutete, dass gleich der geballte Zorn ihrer Schwestern über sie ergehen würde. Und zum ersten Mal in ihrem Leben fand sie die Vorstellung herrlich.

»Die gute Nachricht lautet«, fuhr Fonda fort, »dass ich Mega-Mitch eingeladen habe, und er kommt tatsächlich!«

»Wer ist denn Mega-Mitch?«

»Der beste Magier von Orange County, und stellt euch vor, er ist erst dreizehn!«

»Alter!« Winfrey sprang auf und stemmte die Fäuste in die Hüften. »Wenn du dir allen Ernstes einbildest …«

»Keine Sorge, wir müssen nichts bezahlen. Ich hab ihm gesagt, die Party ist für einen wohltätigen Zweck.« Fonda stand auf und räumte ihren Teller weg. »Was mich daran erinnert, dass wir drei Pfund Romanasalat für seine Hasen besorgen müssen. Aber nur bio! Kann sich eine von euch am Samstagmorgen darum kümmern?«

»Erledigt«, sagte Winfrey.

»Danke«, erwiderte Fonda und tat so, als würde sie die zornbebenden Nasenflügel ihrer Schwester nicht bemerken. »Gibt's Nachtisch?«

»Nein, Fonzie. Ich meinte damit, dass *du* erledigt bist. Sag deinem Babymagier, dass die Party ausfällt. Jedenfalls für dich und deine Freunde.«

»Genau«, sagte Amelia.

»Was?« Fonda zwang sich, eine Schnute zu ziehen, und gab ein erbärmliches Winseln von sich. »Aber das könnt ihr doch nicht machen!«

»Zu spät.« Amelia rückte sich die roten Träger ihres Bikinioberteils zurecht. »Ist schon erledigt.«

»Und wehe, du versuchst, Joan was davon zu erzählen. Sonst erfährt die ganze Welt, nein, das ganze Universum, dass du mit Rocket Raccoon rumgemacht hast!«

»Das ist so was von uncool von euch«, stieß Fonda hervor.

»Nein, *du* bist uncool«, sagte Winfrey.

»Und du bist gemein!« Fonda stapfte in ihr Zimmer und knallte die Tür hinter sich zu.

Uuuuund Schnitt!

Fondas Herz hämmerte zwar, aber ihre Seele lächelte, als sie sich aufs Bett fallen ließ. All ihre Probleme waren gelöst. Jetzt musste sie nicht mehr so tun, als ob sie Henry küssen wollte. Musste nicht mehr grübeln, ob Henry sie zurückküssen wollte. Musste keinen Weg mehr finden, ihren Kopf unauffällig aus der Paktschlinge zu ziehen. Weil ihre Schwestern einen Weg für sie gefunden hatten, ihr all das zu ersparen.

Hastig schickte sie eine Gruppennachricht an alle auf ihrer Gästeliste, außer Ruthie, die kein Smartphone hatte, und teilte ihnen die »traurige« Nachricht mit.

FONDA: Leider keine Party für uns.
Bin total geknickt. Große Schwestern können echt ätzend sein.

Erleichtert lehnte sie sich in die Kissen zurück. Es war vorbei.

Ping!

DREW: WAS IST PASSIERT?

Ping!

FONDA: Lange Geschichte.

Ping!

DREW: Heißt das … alles ist abgeblasen?

Ping!

FONDA: Jupp. Alles.

Ping!

DREW:

Ping!

AVA G.: Kannst du sie nicht doch noch überreden?

Ping!

FONDA: Hab ich schon versucht.

Ping!

KAT EVANS: Hat sonst noch wer sturmfrei?

Ping!

OWEN: Meine Eltern gehen an dem Abend essen.

Ping!

TONI SORKIN: Bis Sonntag?

Ping!

OWEN: Nein, aber drei Stunden sind sie bestimmt weg.

Ping!

SAGE: Dummdödel.

Ping!

OWEN: Hey, das ist echt nicht nett.

Ping!

SAGE: Geschieht dir aber recht.

Ping!

OWEN: Was hab ich denn gemacht?

Ping!

SAGE: Als ob du das nicht wüsstest.

Ping!

WILL: Und wenn wir unsere Garage nehmen?

Ping!

DREW: Zu klein.

Ping!

LEAH PELLEGRINO: Drew war schon mal in Wills Garage?

Ping!

AVA G.: Ja, hab ich dir doch erzählt.

Ping!

DREW: Woher wusstest du davon?

Ping!

SAGE: Sie kann Lippen lesen.

Ping!

AVA G.: Und Körpersprache.

Ping!

TONI SORKIN: Das ist voll gruselig.

Ping!

AVA R.: Die Party kann doch starten.

Ping!

FONDA: Hä?

Ping!

DREW: ???

Ping!

AVA R.: Ich hab eine Feuerstelle am Emerald Beach reserviert. Um 17 Uhr geht's los.

Ping!

OWEN: Ava ist unsere Retterin!

Ping!

SAGE: Dummdödel.

Nein, nein, nein!

Es pingte weiter und weiter, und alle überschlugen sich vor Lob für Ava R., die jetzt an Fondas Stelle in die Geschichte der Poplar Middleschool eingehen würde, weil sie die Party gerettet (und damit nebenbei Fondas Leben zerstört) hatte.

Fonda stellte ihr Telefon stumm und vergrub den Kopf in den Kissen. Und jetzt?

Sie hatte nicht nur vollkommen grundlos ihren Schwestern den Krieg erklärt – zu allem Überfluss war auch noch der Kuss-Club wieder am Start. Fonda würde Henry küssen müssen, obwohl er nicht der Richtige war. Sondern der Falsche.

17. KAPITEL

Ruthie sah Atom in seine braunen Augen, während er sein Fläschchen mit unechter Elektrobabymilch austrank. Sie wirkten leblos und leer. Er war nicht darauf programmiert, komplizierte Gefühle zu haben. Eigentlich hatte er überhaupt keine Gefühle. *Muss das schön sein …* Nachdem Ruthie ihn zu seinem Verdauungsschläfchen hingelegt hatte, lungerte sie auf dem Bett herum und überlegte, wie es weitergehen sollte. Fonda hatte ihr Sleepover abgesagt, damit sie mit ihren Schwestern die Party morgen planen konnte, und ohne ihr Freitagsritual wusste Ruthie nicht, was sie mit sich anfangen sollte. Deshalb hatte sie sich auch im ersten Moment gefreut, als Fonda anrief, um ihr mitzuteilen, dass die Party an den Strand verlegt worden war und ohne die Leute von der Highschool stattfinden würde.

»Heißt das, wir machen unser Sleepover heute doch?«, hatte sie gefragt.

»Keine Ahnung. Ich bin ziemlich müde«, sagte Fonda. Sie klang überraschend geknickt.

Ruthie strahlte. »Ich könnte dir doch Gesellschaft leisten! Ich bin heute auch besonders lieb zu dir.«

»Schon gut, mir geht's bestens. Wir sehen uns morgen.«

Ehe Ruthie *Bestens? Ehrlich? Du klingst nämlich nicht gut, sondern einsam und verlassen* sagen konnte, hatte Fonda schon aufgelegt. Ohne Erklärungen oder weitere Einzelheiten. Ruthie wusste nur, dass der Kuss-Club stattfinden würde. Ihre Gedanken waren verworren. Hätte es abgefüllten Rat in Babyfläschchen gegeben, hätte sie zehn auf einmal leer getrunken, so sehr sehnte sie sich nach jemandem, der ihr sagte, was zu tun war. Nach einem guten Zuhörer, einem Vertrauten, der sie nicht verurteilte.

Foxie!

Ruthie zog ihren Plüschfuchs, den sie seit der dritten Klasse besaß, hinter dem Bett hervor. Sie hatte Foxie damals aus der Fundkiste in der Schule gerettet. Aber von da an war es immer Foxie gewesen, die *sie* rettete.

»Ich brauche deine Hilfe«, sagte Ruthie und klopfte Foxie den Staub von der spitzen schwarzen Schnauze.

Foxie starrte Ruthie an, ihr Blick so hart und tot wie der von Atom. An den leeren Blick ihres Elektrobabys hatte sie sich inzwischen gewöhnt. Aber Foxie? Nein, undenkbar.

»Belastet dich etwas?«

Wie kommst du darauf, dass mich etwas belasten könnte?, schien Foxie zu sagen.

»Keine Ahnung, du wirkst einfach so abwesend. Als ob du gar nicht richtig da bist.«

Tja, abwesend und gar nicht richtig da ist für mich derzeit eben die beste Überlebensstrategie. Die Heulboje da, in die du dich so verliebt hast, ist echt schwer zu ertragen.

»*Verliebt?*« Ruthie schnaubte. »Am Montag darf ich Atom endlich wieder abgeben, und ich kann es kaum erwarten.« Sie senkte die Stimme. »Er ist ein Vampir und hat meiner Seele alles Leben ausgesaugt.«

Wieso flüsterst du?

»Weil ich ihn nicht aufwecken will.«

Wieso nicht?

»Weil ich mich lieber mit dir unterhalten will«, sagte Ruthie.

Ehrlich?

»Tausend Prozent.«

Ich dachte immer, du magst diese Formulierung nicht, weil sie mathematisch unmöglich ist.

Ruthie musste lächeln. Ach, keiner kannte sie so gut wie ihre Foxie. »Ich mag sie ja auch nicht. *Hundert Prozent* muss reichen, weil mehr nicht möglich ist. Hundert Prozent ist alles. Aber genau deswegen hab ich es ja gesagt. Du bedeutest mir alles, Foxie. Und dann noch ein bisschen mehr.«

Das Leuchten kehrte in Foxies Blick zurück. *Erzähl mir, was dir auf dem Herzen liegt. Und zwar in allen Einzelheiten.*

Ruthie wurde schwer ums Herz. »Eigentlich sind es sogar drei Dinge. Erstens: Wie soll ich Mitglied des Clubs werden, wenn ich meinen ersten Kuss längst hatte? Zweitens: Mir ist klar geworden, dass Owen für mich mehr ist als nur ein Freund, was ein Problem darstellt, weil er drittens Popcornmädchen mag.«

Foxie beschloss, die Probleme nacheinander abzuarbeiten.

Zu erstens: Wenn du Owen morgen Abend küsst, ist das trotzdem dein erster Kuss.

»Was? Wieso?«

Weil es sich bei eurem ersten ersten Kuss um ein Missverständnis gehandelt hat, und das zählt nicht.

Die Schwere um Ruthies Herz wurde ein kleines bisschen leichter. Wo Foxie recht hatte, hatte sie recht.

Zu zweitens: Die Erkenntnis, dass Owen für dich mehr ist als nur ein Freund, ist doch kein Problem, sondern eine Offenbarung! Schließlich muss man erst mal wissen, was man eigentlich will, um es sich holen zu können. Tja, und jetzt weißt du es.

»Und was ist mit …«

Mit Popcornmädchen? Ja, das könnte durchaus ein Problem sein. Foxie überlegte kurz. *Weißt du, die ganze letzte Woche habe ich geglaubt, dass du mich durch Atom ersetzt hast.*

»Foxie! Wie konntest du so etwas auch nur denken?«

Lass mich ausreden. Ich war eifersüchtig und verunsichert, und um ehrlich zu sein, konnte ich an kaum was anderes mehr denken. Aber als ich dir dann die Wahrheit gesagt habe, fühlte ich mich direkt besser. Und das liegt nicht nur daran, dass deine

Antwort genau die war, die ich gern hören wollte. Denn selbst wenn du mir gesagt hättest, dass du Atom mehr magst als mich, hätte ich es überlebt. Unwissenheit ist am Ende immer unangenehmer, als die Wahrheit zu erfahren – auch wenn die Wahrheit wehtut. Vertrau mir.

»Das tue ich.« So sehr sogar, dass sie Foxie eine erstickende Dankeschön-Umarmung verpasste und den gesamten Weg zu Owens Haus im Laufschritt zurücklegte. *Mach dich bereit, Wahrheit, ich komme!*

Als Ruthie auf Owens Bach-Klingel drückte, war sie total außer Atem. Lag das an der Anstrengung, oder hatte sie eine Panikattacke?

»Owen, wie du weißt, verbindet das Semikolon zwei unabhängige Sätze, die eng verwandt sind, aber nicht eng genug, um zu einem einzigen zusammengefasst zu werden«, übte sie, während »Das wohltemperierte Klavier« durch Owens Haus tönte. »Was würdest du davon halten, dass wir den Strichpunkt weglassen und uns zu einem einzigen …«

Die Tür ging auf.

»Ruthie?« Owen strich sich nervös seinen Seitenscheitel zurecht. »Was machst du denn hier? Ist alles in Ordnung? Wo ist Atom?«

»Er schläft, und ich muss dringend mit dir über Semikolons reden und …«

»Ist das unsere Pizza?«, rief eine Mädchenstimme aus der Küche.

»Nein«, rief Owen zurück, »nur meine Nachbarin!«

Nachbarin?

Hatte Owen sie von der rein freundschaftlichen Freundin zu einem Substantiv geschrumpft, das ein paar Häuser weiter wohnte? Die Schwere um ihr Herz wurde wieder schwerer, und dann noch mal um ein Vielfaches schwerer, weil aus der Küche ein Mädchen kam, das zwei Limoflaschen in der Hand und ein besitzergreifendes Grinsen auf den Lippen trug.

Sie reichte eine der Flaschen an Owen weiter und streckte Ruthie die rechte Hand hin. Sie hätte genauso gut »Hi, ich bin Popcornmädchen« sagen können. Weil das Wort *Popcornmädchen* in Endlosschleife durch Ruthies Kopf kreiste und keinen anderen Gedanken zuließ. Wie ein Roboter schüttelte sie Popcornmädchens eiskaltes Händchen und wandte den Blick ab. Je weniger Ruthie von ihr sah, desto leichter würde sie sich später davon überzeugen können, dass ihr langwimpriger Ersatz aussah wie Shrek.

»Ah, okay, schön, dich kennenzulernen«, sagte Ruthie. Ihr Sichtfeld schrumpfte auf einen kleinen Tunnel zusammen, und sie wandte sich zum Gehen um.

»Wo willst du denn hin?«, rief Owen. »Ich dachte, du wolltest über Semikolons reden.«

»Semikolons sind echt das Letzte!«

»Und deshalb bist du extra vorbeigekommen?«

Sie winkte, ohne sich noch einmal umzusehen. »Ich muss los, ehe Atom aufwacht.«

Ruthie hastete zurück in die Sicherheit ihres Zimmers, wo sie Foxie gehörig den Marsch blasen würde, weil sie sich geirrt hatte. Denn Unwissenheit war nicht schlimmer, als die Wahrheit zu kennen. Unwissenheit ließ Raum für Hoffnung. Jetzt aber gehörten Ruthies Hoffnungen der Vergangenheit an, und das tat mehr weh als irgendetwas sonst.

18. KAPITEL

Drew schaltete den Föhn aus und musterte ihr Outfit für die Strandparty im Spiegel. Sie trug eine dunkelblaue Hose mit Kordelzug, einen weißen Pulli und … ach, war doch sowieso egal. Wills Muschelkette leuchtete ihr entgegen wie ein bösartiges, spitzzahniges Grinsen, das sich an der Angst der anderen zu erfreuen schien. *Hey, Drew, bereit für den nächsten Schleifpapierzungenkuss? Muahahahaha!*

Allerdings schien der Kette nicht klar zu sein, dass Drews verkrampfter Gesichtsausdruck mehr mit den Nesties als mit Will zu tun hatte. Ja, sie hatte Angst vor ihrem zweiten ersten Kuss. Aber zumindest hatte sie Will nicht hintergangen. Im Gegensatz zu den Nesties, die sie sogar schon doppelt betrogen hatte.

Erstens hatte Drew ihren Ehrlichkeitspakt gebrochen, indem sie Fonda und Ruthie verheimlichte, dass sie Will geküsst hatte. Und zweitens hatte sie ihren Kuss-Pakt gebrochen, indem sie nicht bis zu der Party heute gewartet hatte. Unterm Strich hatte Drew damit hundert Prozent der Pakte der Nesties gebrochen, und sie drohte an ihren Schuldgefühlen zu ersticken.

»Ich bin dran!«, verkündete Doug, als er das Badezimmer mit einem Handtuch um die Hüfte und energiegeladenen Schritten betrat. Drew beneidete ihn um seine Leichtigkeit. Ihr Bruder benahm sich wie jemand, der noch nie im Leben etwas Schlechtes getan hatte.

Er drehte die Dusche auf und scheuchte Drew weg. »Schon mal was von Privatsphäre gehört?«

Drews Beine waren zu schwer, um auch nur einen Schritt zu tun. »Hast du schon mal wen betrogen?«, rief sie über das Prasseln des Wassers hinweg.

Er drehte das Wasser ab. »Meinst du damit, ob ich schon mal fremdgegangen bin?«

Drew nickte.

»Nö.« Er drehte das Wasser wieder an. »Noch nie. Aber ich bin mal betrogen worden.«

»Von wem?«

Er stellte das Wasser wieder ab. »Sara Manford.«

»Mit der warst du in der Neunten zusammen, oder?«

»Genau. Sie hat während unserer Abschlussparty mit Bradley Bryan rumgemacht.«

»Wie hast du davon erfahren?«

»Sie hat es mir zwei Tage später gebeichtet.«

Drew stellte sich vor, wie sie den Nesties beichtete, was sie getan hatte. Aber anders als bei ihren Krankenschwesternträumen hatte sie keine klare Vorstellung davon, wie diese Geschichte wohl enden würde. Würden Ruthie und Fonda ihr danken, weil sie die Wahrheit sagte, oder wütend auf sie sein, weil sie sich nicht im Griff hatte? Würden sie sich Kuss-Ratschläge von Drew holen oder verlangen, dass sie das KC-Armband ablegte? »Es war ziemlich mutig von Sara, dir das zu sagen.«

»Mutig?« Doug schnaubte. »Ich fand das eher egoistisch.«

»Wie kann Ehrlichkeit egoistisch sein?«

»Weil sie ehrlich war, um sich selbst einen Gefallen zu tun, nicht mir.«

Drew musterte ihn fragend.

»Sie hat mir nur davon erzählt, weil sie sich schuldig gefühlt hat.«

»Und dann?«

»Und dann hat sie sich besser gefühlt, weil sie mir alles erzählt hat, und stattdessen hab *ich* mich elend gefühlt.«

»Ich kapier's nicht. Wäre es dir lieber gewesen, wenn Sara es dir nicht erzählt hätte?«

»Nein.« Doug fuhr sich mit der Hand durchs Haar. »Am liebsten wäre es mir natürlich gewesen, wenn sie Bradley Bryan gar nicht erst geküsst hätte. Oder dass sie vorher mit mir Schluss gemacht hätte, anstatt mich dastehen zu lassen wie den letzten Trottel. Aber da sie mich nun mal betrogen hat, wäre es mir tatsächlich lieber gewesen, wenn sie es für sich behalten und ihre Schuldgefühle mit sich rumgeschleppt hätte wie einen Rucksack voller Pflastersteine, anstatt den Rucksack bei mir abzuladen.« Dougs Blick wanderte zu Drews Kette. »Wieso? Ist *dir* etwa jemand fremdgegangen?«

»Nein.«

»Gut. Wenn du dich dann freundlicherweise endlich verkrümeln würdest?!«

Drew schlurfte zurück in ihr Zimmer. Sie lief gebeugt, wegen der riesigen Schuldsteine, die sie mit sich herumschleppte. Es war unerträglich, mit all diesen Lügen zu leben. Aber laut Doug war es egoistisch, sie abzuladen. Was sollte sie jetzt machen? In einer Viertelstunde würden ihre Freundinnen vorbeikommen, und dann würde Drews Mom sie alle zusammen zum Emerald Beach fahren. Sobald sie dort waren, würde Drew so tun müssen, als würde sie sich riesig freuen, Will zu küssen und den Pakt mit ihren Nesties einzuhalten, um Mitglied in einem Club zu werden, in dem sie eigentlich gar nichts zu suchen hatte. Außerdem kam Drew sich immer, wenn sie versuchte, Fonda und Ruthie etwas vorzuspielen, vor wie ihr altes weißes Tanktop: total durchsichtig.

Mit dem Smartphone in der Hand überlegte sie, eine Ausrede zu texten, wieso sie nicht zur Party kommen konnte. Aber das wäre eine Lüge mehr gewesen – ein weiterer Schuldstein, den sie mit sich herumschleppen musste. Also blieb ihr nur beten.

Sie kniete sich hin, presste die Hände zusammen und schloss die Augen. »Liebes Universum, bitte lass es jetzt sofort über Poplar Creek regnen, damit Ava R. ihre Strandparty absagen muss. Und damit das klar ist: Es geht hier nicht nur darum, dass ich Will aus dem Weg gehen kann und den Pakt nicht erfüllen muss. Wie du weißt, haben wir hier in Kalifornien derzeit mit Dürre zu kämpfen. Mein Wunsch dient also auch den Pflanzen. Danke und alles Liebe, Drew.«

Zehn Minuten später checkte sie die Wetter-App. Kein Wölkchen zu sehen. *Mist.* Wären ihr Gewissen und Wills Zunge doch ebenso makellos gewesen wie der Himmel über Poplar Creek.

Als es klingelte, schleppten sich Drew und ihr Rucksack voller Schuldsteine runter zur Tür.

»Komme schon!«, rief Doug und rannte in einer Duftwolke aus Wildleder- und Pfefferaroma an ihr vorbei. Sein Lieblings-Hawaiihemd war faltenfrei.

»Wo gehst du hin?«

»Nach nebenan zu Amelia«, sagte er. »Taco-Truck, Baby!«

Drew hatte vor lauter Kummer ganz vergessen, dass die Highschoolparty von Amelia und Winfrey trotzdem stattfinden würde. Nur eben ohne Fonda und ihre Freunde.

Doug öffnete mit der großen Geste eines Magiers die Haustür. »Netter Look, Ladys«, sagte er, nachdem er Fonda und Ruthie gemustert hatte.

Und die beiden sahen tatsächlich toll aus. Fonda trug ausgewaschene Levi's, ein gelbes, bauchfreies Shirt und darüber ein offenes Flanellhemd. Ruthie, die Atom in seinem Babybjörn vor sich hertrug, hatte einen lilafarbenen, kurzen Jumpsuit mit Batikmuster und eine Strickmütze mit Katzenöhrchen an. Die beiden verkörperten die perfekte Mischung aus coolem Strand-Outfit und Lagerfeuer-Lässigkeit. Trotzdem erinnerten sie Drew ein bisschen an Weihnachtsbäume nach Silvester: geschmückt, aber ohne die funkelnden Lichter.

Ob sie wussten, dass sich Drew und Will schon geküsst hatten?

»Winke-winke, Horrorbaby«, sagte Doug zu Atom, ehe er zum Nachbarhaus weiterlief.

Durch die offene Haustür drangen das Wummern des Basses und der Duft des Taco-Trucks herein.

»Tut mir leid, dass deine Schwestern dich ausgeladen haben«, murmelte Drew.

»Ach, halb so wild«, sagte Fonda und mied dabei Drews Blick. *Sie weiß es! Sie ist sauer! Und jetzt spielt sie mir auch was vor!*

Drew spähte in den Himmel. Immer noch kein Anzeichen für Regen. »Wollen wir im Wohnzimmer auf meine Mom warten?«

Fonda und Ruthie zuckten mit den Achseln wie schüchterne Fremde. *O ja, irgendwas stimmt hier definitiv nicht.*

»Aaaaalsoooo«, sagte Ruthie, als sie sich auf die Couch gepflanzt hatten. »Wer freut sich schon auf seinen Kuss?«

»Ich«, murmelte Drew, merkte aber selbst, dass sie kein bisschen freudig klang.

»Ich auch«, sagte Ruthie.

»Toter Aal«, nuschelte Fonda.

»Was? Wieso toter Aal?«

Fonda kicherte. »Ich hab gesagt, *total.*«

»Oh.«

»Alles okay mit dir?«, fragte Ruthie.

»Ja, du wirkst ein bisschen depri«, bemerkte Fonda. »Wenn es irgendwas gibt, worüber du reden willst, können wir auch einfach hier bei dir zu Hause bleiben und …«

»Absolut!« Ruthie nickte in Richtung Atom, der zufrieden an ihrer Brust schlief. »Der kleine Kerl hier ist sowieso die totale Spaßbremse, mir macht es also nichts aus, zu Hause zu bleiben.«

Drew schaute durchs Wohnzimmerfenster auf die Zweige des Eukalyptusbaums. Die Blätter regten sich nicht.

»Nein, alles in Ordnung«, sagte sie ungefähr eine Oktave zu hoch. Es war unerträglich, nicht zu wissen, wie viel ihre Nesties wussten. Und das Gewicht der Schuldsteine war auch kaum auszuhalten. Außerdem hatte sie keine Ahnung, ob Dougs Rat in diesem Fall auch ein *guter* Rat war. Hätte sie sich doch nur kurz davonstehlen und *Soll ich beichten, dass ich einen Pakt gebrochen habe?* googeln können. Um kurz allein sein zu können, sagte sie: »Bin gleich wieder da, ich geh mir noch schnell eine andere Hose anziehen.«

»Wieso? Die hier ist doch toll«, sagte Fonda.

»Stimmt nicht. Als ich sie das letzte Mal anhatte, meintest du, sie sieht aus wie eine Schlafanzughose.«

»Tja, manchmal ändern Leute ihre Meinung eben«, sagte Fonda so bedeutungsschwanger, als würde es um viel mehr als Pyjamahosen gehen.

»Genau«, pflichtete Ruthie ihr bei. »So was kommt vor.«

»Was kommt vor?«

»Na, dass Leute ihre Meinung ändern! Zum Beispiel will man erst ein Semikolon verwenden und schreibt am Ende doch zwei einzelne Sätze.«

Drew und Fonda wechselten einen verwirrten Blick.

»Oder man denkt, man mag jemanden nicht, also, ich meine, man mag *etwas* nicht, und dann mag man es plötzlich doch.«

»Oder man dachte, man mag etwas, aber dann wird einem klar, dass das gar nicht stimmt«, sagte Fonda.

»Moment. Gefällt dir meine Hose jetzt oder nicht?«

Drews Mutter erschien mit dem Autoschlüssel in der Hand in der Tür. »Hi, Mädels! Alle abflugbereit?«

»Hi, Mrs. Harden«, sagten Fonda und Ruthie im Chor.

»Ihr seht absolut strapamäßig süß aus!«, sagte sie. »Das ist kurz für strandpartymäßig.«

Fonda und Ruthie kicherten höflich, Drew dagegen verdrehte die Augen.

»Kannst du das bitte endlich lassen, Mom? Das ist so *peinlich!*«

Ihre Mutter zog sich den blonden Pferdeschwanz fest. »Was soll ich lassen?«

Als hätte sie das nicht genau gewusst.

»Wörter mischen.«

»Aber das spart Zeit.«

Drew wollte fragen, was das bitte für eine Zeitersparnis sein sollte, wenn man nachher immer erklären musste, was gemeint war. Aber ihr fehlte die Kraft für weitere Diskussionen. Die Schuldsteine wurden mit jeder Sekunde schwerer. »Fahren wir einfach.«

»Aber vorher muss ich noch ein Fooo-tooo machen«, flötete ihre Mom. Im Battleflag-Sommercamp war ihre Dauer-Gute-Laune durchaus hilfreich. Schließlich bezahlten die Leute sie dort dafür, dass sie ihnen zeigte, wie man sich amüsierte. Aber der Sommer war vorbei. Das normale Leben ging weiter. Konnte sie sich nicht einfach normal benehmen?

»Es ist nur eine Strandparty, nicht der Abschlussball, Mom.«

»Die Momente von heute sind die Erinnerungen von morgen.« Sie holte ihr Telefon aus der Seitentasche ihrer Leggings. »Okay, Mädels, rückt zusammen.«

Ihre Freundschaftsarmbänder klimperten, als sie die Arme umeinanderlegten und sich in Pose warfen.

Sekunden später stieg Drew das tröstliche Vanille-Karamell-Aroma von Fondas Duftmischung in die Nase, und unter ihrer Hand spürte sie die beruhigende Wärme von Ruthies Taille. Sie drückten ihre Wangen ganz fest zusammen, so wie sie es immer machten, wenn sie für Fotos posierten. So fest, dass kein Blatt zwischen sie passte. Drew war Fonda und Ruthie wieder nah. Sie waren verbunden, miteinander verschmolzen.

Es war genau das Gefühl, das der Kuss-Club in ihr erzeugen sollte. Nur dass er es nicht tat.

»Sagt *Nessstieeees!*«

»Nessstieeees!«

»Perfekt!« Ihre Mutter klickte drauflos, dann ließ sie das Telefon sinken. »Und jetzt können wir los.«

Doch Drew rührte sich nicht. Genauso wenig wie Fonda und Ruthie. Die Mädchen standen einfach nur da und hielten sich fest an der Vertrautheit. Weil sie alle drei wussten, dass sie drauf und dran waren, sich voneinander zu lösen und den Schritt ins Unbekannte zu wagen.

19. KAPITEL

Die Sonne verschwand wie eine Münze im Schlitz eines Kaugummiautomaten hinterm Horizont, und Dunkelheit senkte sich über den Strand. Mit einem Mal schien Ava R.s Party von einem Haufen gesichtsloser Schattengestalten besucht zu sein, was diesen ohnehin schon stressigen Abend noch komplizierter machte.

»Wie sollen wir sie hier überhaupt finden?«, fragte Fonda ihre Nesties, als die letzten orangefarbenen Schleier am Himmel verblassten. Insgeheim hoffte sie, eine der beiden würde die Party für zu chaotisch für erste Küsse erklären und die ganze Sache abblasen.

Stattdessen deutete Ruthie in Richtung Wasser und sagte: »Ich glaub, ich hab Henry entdeckt.«

»Wo?«

»Da, der mit dem orangen Lids.«

»Aber keine Spur von Will«, sagte Drew, als sei das eine erfreuliche Nachricht.

Ruthie stopfte Atom ein Fläschchen in den Mund, obwohl er tief und fest schlief. »Und von Owen auch nicht.«

»Wenn ich warten soll, ist das echt kein Problem«, sagte Fonda in der Hoffnung, dass ihr Angebot eher nach freundlicher Geste als nach verzweifeltem Hilferuf klang.

»Ja, vielleicht sollten wir alle besser warten«, sagte Drew. »Ich meine, wenn sie sowieso nicht hier sind …«

»Wenn Henry da ist, ist Will auch da«, sagte Ruthie. »Und macht euch wegen mir keine Gedanken, Owen kommt bestimmt auch bald.« Sie streckte ihren Arm mit dem Armband vor. »Der Kuss-Club wartet!«

Drew seufzte. »Na gut, wenn du unbedingt willst.« Sie streckte ebenfalls den Arm aus, und Fonda auch.

Als sich alle drei Armbänder berührten, wich die schmerzhafte Anspannung in Fondas Bauch einem erträglichen Kitzeln. Dann war Henry eben nicht »der Richtige«. Ihr Kuss würde nur wenige Sekunden dauern, der Kuss-Club dagegen ein Leben lang bestehen. Das war es wert, oder? Augen zu und durch, seine Lippen, ihre Lippen, einmal zusammendrücken und Schluss. Das war's. Und dann würde alles besser werden. Fonda würde Erfahrung, einen Geheimclub mit ihren Nesties und das gewisse Etwas haben.

»Okay, ziehen wir's durch!« Fonda holte ein Tiegelchen Lippenbalsam mit Erdbeergeschmack aus ihrer Bauchtasche und schraubte es auf. *Igitt!* Da war ja überall Sand drauf! Na, dann eben nicht. »Viel Glück euch beiden.«

♡

»Warte!«, sagte Drew. »Wir haben die Pfefferminzbonbons vergessen. Heißt das, wir müssen doch noch warten?«

Ruthie holte einen Streifen Zimtkaugummi aus ihrer Hosentasche. »Den können wir uns teilen. Aber ich esse mein Drittel erst, wenn ich sicher weiß, dass Owen hier ist – für den Fall, dass ihr es ansonsten wollt. Und falls er nicht hier ist, darf ich ja vielleicht trotzdem im Club mitmachen. Schließlich kann ich nichts dafür, wenn er nicht kommt.«

»Ich weiß nicht, ob Zimt das Richtige für den Anlass ist«, sagte Drew. »Schmeckt man dann nicht vielleicht zu stark?«

»*Zu stark* gibt es nicht«, verkündete Fonda. »*Stark* sendet eine Botschaft.«

»Was für eine Botschaft? Dass wir vorher Mundgeruch hatten?«

Fonda lachte. »Nein, dass wir *auch* stark sind. Dass wir Mädchen sind, die ihre Meinung sagen. Und wenn wir das tun, riechen wir dabei nach Zimt.«

So inspirierend Fondas Motivationsrede auch sein mochte, sie selbst hatte dabei Bauchschmerzen. Denn wäre sie ein Mädchen gewesen, das seine Meinung sagt, dann hätte sie jetzt gesagt: »Ich will Henry nicht küssen. Ich bin noch nicht so weit. Ich will auf den Richtigen warten!« Und sie würde dabei nicht nach Zimt riechen, sondern frisch und rein wie kaltes Quellwasser. Nach Wahrheit, nicht nach Scheinheiligkeit. Nur dass Fonda im Augenblick leider nicht so ein Mädchen war.

»Kaugummi, bitte«, sagte sie zu Ruthie. »Ich bin dabei.«

Mit hämmerndem Herzen und Zimtgeschmack im Mund lief Fonda runter zum Strand, ohne sich noch einmal umzusehen. Ein scheinheiliges Mädchen mit einer Mission.

Dank des silbrigen Mondlichts, das sich auf dem Wasser spiegelte, konnte sie Henry am Ufer ausmachen. Auf seiner Stirn schimmerte ein dünner Schweißfilm.

»Hey«, sagte sie beim Näherkommen. Auf einmal wurde ihr bewusst, dass sie keinen Plan hatte, wie es jetzt weitergehen sollte. »Was treibst du so?«

Er nahm seinen Lids ab und fuhr sich durch sein nass geschwitztes dunkles Haar. »Wir spielen Frisbee-Football.« Sein Blick wanderte zur Brandung, wo ein Mädchen mit einem roten Lids auf dem Kopf eine selbst leuchtende Frisbeescheibe davor bewahrte, ins offene Meer hinausgespült zu werden.

Seit wann stand Ava H. auf Frisbee-Football?

»Willst du mitspielen?«, fragte Henry.

Das Angebot war nett gemeint, trotzdem fühlte Fonda sich bei seinen Worten irgendwie einsam. Denn hätte Henry sie gekannt, sie wirklich und aufrichtig gekannt, dann hätte er gewusst, dass es nur einen einzigen Sport gab, bei dem sie je freiwillig mitmachen würde: Perlenfädeln. Doch schneller, als Fonda »Wollen wir stattdessen spazieren gehen?« fragen konnte, sauste die grün leuchtende Frisbeescheibe durch die Luft, und Henry flitzte davon. Und wieder ließ er Fonda einfach stehen, so wie neulich vor dem Surfladen und danach im Mittagsgarten.

Aber was erwartete sie auch? Henry war gerade mitten in einem Spiel. Er hatte keine Ahnung, dass sie ihn küssen wollte. Und das würde er auch nicht, wenn Fonda nicht dieselbe Stärke bewies wie ihr Zimtatem und offen sagte, was sie dachte.

Als die Frisbeescheibe wenig später wieder im Wasser landete, wagte Fonda einen zweiten Versuch.

»Ich kann nicht mitspielen, weil ich schon bei einem anderen Spiel dabei bin«, sagte sie.

»Was denn, Volleyball?«, fragte Henry und sah suchend an Fonda vorbei, um auf keinen Fall die Frisbeescheibe zu verpassen.

»Nein.«

»Beachball?«

»Nein.«

»Scrabble?«

»Nein.« Fonda kicherte. »Pflicht oder Wahrheit.« Schluss mit der Romantik. Je schneller sie es hinter sich brachte, desto besser. »Ich hab Pflicht genommen, und jetzt muss ich dich küssen.«

Zum ersten Mal heute Abend sah Henry sie richtig an. »Jetzt sofort?«

Fonda nickte. »Es darf gern ganz schnell gehen.«

»Öhm, okay.« Henry kam auf sie zu, beugte sich vor, und *Zack!* fing er die Frisbeescheibe zwischen den Handflächen und rannte los.

Er kam nicht weit, ehe sich eine von Ava H. angeführte

Mitspielermeute auf ihn stürzte. Sekunden später war er unter einem Berg aus gackernden, japsenden Achtklässlern begraben.

Während Henry versuchte, sich freizukämpfen, fragte sich Fonda, ob Drew und Ruthie wohl irgendwelche Fortschritte machten. Und falls ja, was sie sagen würden, wenn sie Fonda jetzt allein hier stehen sahen. Würden sie ihr raten, sich mehr anzustrengen oder es einfach bleiben zu lassen?

Auf einmal hörte sie in ihrem Kopf eine vertraute Stimme. Sie sagte: *Wenn Henry die Wahl zwischen Fonda und einer Frisbeescheibe hat, entscheidet er sich für die Frisbeescheibe. Mach nicht denselben Fehler. Entscheide dich für Fonda.*

Die Stimme gehörte nicht den Nesties. Es war die Stimme ihrer Mom. Und sie hatte recht.

Während sich der Schülerhaufen noch entknotete, rief Fonda eine Auszeit aus und lief rüber zu Ava H. »Kann ich kurz mit dir reden?«

»Ich flirte nicht mit ihm«, versicherte Ava, als sie sich ein paar Schritte weit von der Gruppe entfernt hatten. Ihre Wimpern waren mit Sand statt mit Wimperntusche bedeckt. Ihre Wangen waren rosa von der vielen Bewegung und nicht vom Rouge. Ihr Haar war wild verstrubbelt. Und trotzdem war Ava H. in diesem Moment so hübsch wie nie – eine Achtklässlerin, die ausnahmsweise mal nicht versuchte, mehr zu sein als sie selbst. »Mein Ziel besteht darin, die Frisbeescheibe zu klauen, nicht Henry. Nur damit du es weißt.«

»Ich weiß. Und ich bin auch nicht sauer.«

»Nein?«

»Ganz im Gegenteil.«

Ava zog die Augenbrauen zusammen. »Das heißt, du bist … glücklich?«

»Ja. Ich freu mich einfach für dich.«

»Wieso denn für mich?«

»Weil du Henry genug magst, um mit ihm Frisbee-Football am Strand zu spielen.«

»Und?«

»Ich nicht«, sagte Fonda. »Und deswegen solltest *du* es mit ihm versuchen. Also, falls du überhaupt noch willst.«

Ava H. machte große Augen. »Echt jetzt? Du machst einen Rückzieher?«

»Nein.« Fonda legte ihre Hand auf Ava H.s Schulter und drückte sie freundschaftlich. »Ich lasse dir den Vortritt.« Das war ein guter Satz. Ein starker Satz. Joan wäre stolz auf sie gewesen.

»Und das macht dich *glücklich?*«

»Sehr sogar«, antwortete Fonda, obwohl *stolz* es wohl besser getroffen hätte. Endlich handelte sie so, wie sie sich wirklich fühlte, auch wenn es dafür Mut brauchte. Und sie kam sich dadurch erwachsener vor, als sie es je durch einen Kuss getan hätte.

Ava H. umarmte Fonda so stürmisch, dass sie fast zusammen in den Sand gekippt wären. »Ups, tut mir leid! Und danke, danke, danke!« Ausgelassen warf Ava H. ihren Lids in die Luft und rannte zurück zu ihrer Mannschaft.

»Wie ist das denn jetzt mit dieser Pflicht?«, sagte Henry, der leicht hinkend auf Fonda zugehumpelt kam.

Fonda wich einen Schritt zurück. »Ich hab's mir noch mal anders überlegt und mich für die Wahrheit entschieden.« (Und auch auf *den* Spruch wäre ihre Mutter stolz gewesen.)

Henry zuckte mit den Achseln, drehte sich wortlos um und kehrte zu den anderen Spielern zurück.

Überwältigt von einem plötzlichen Bedürfnis nach gerösteten Marshmallows trat Fonda den Weg zur Feuerstelle an. Sie fragte sich, was sie als Nächstes tun sollte. Drew und Ruthie beichten, dass sie den Pakt gebrochen hatte? Oder so tun, als hätte sie die Sache durchgezogen? Behaupten, sie hätte es versucht, aber Henry habe sie abblitzen lassen?

Nein, Fonda war jetzt ein Mädchen, das sich für die Wahrheit entschied. Sie wollte, dass ihre Handlungen zu ihren Gedanken passten. Und das würden sie auch. Aber für den Moment sagten ihre Gedanken: *Jetzt warten wir erst mal ab, wie es bei Drew und Ruthie läuft. Und dann entscheiden wir, was wir ihnen erzählen.*

Und ihre Handlungen waren genau derselben Meinung.

20. KAPITEL

Drew fand Will am Snack-Büffet bei Dune Wolsey, Keelie Foster, Kat Evans und ein paar anderen schemenhaften Umrissen, die sie nicht zuordnen konnte.

Er biss gerade in einen Cupcake und blickte dabei mit hollywoodreif zusammengekniffenen Augen aufs Meer hinaus. Seine blonden Haare schimmerten im Mondlicht silbern. Der Anblick verzauberte Drew. Und er machte sie wütend. Außerdem roch es nach Zwiebeln, weil Drew neben den Mülltonnen herumlungerte wie ein Waschbär, der auf seine Gelegenheit lauerte.

Aber was für eine Gelegenheit erhoffte sie sich überhaupt? Sie ekelte sich vor Wills Zunge, und trotzdem fand sie ihn toll. Sie ging ihm aus dem Weg und lief ihm trotzdem hinterher. Sie wollte ihn küssen und ihn nie wiedersehen. Der Kuss-Club hatte ihr inneres Navigationssystem komplett durcheinandergebracht. Die ganzen Regeln, der Druck, die Verpflichtungen … Drew wusste nicht mehr, wo oben und unten war, wo sie hinwollte und wie man dort hinkam.

Kurz überlegte sie, das Universum um Rat zu bitten. Eine Flaschenpost, ein Flüstern im Wind, ein weiser Krebs mit britischem Akzent … irgendwas, das ihr aus diesem chaotischen Algengewirr der Gefühle half. Aber Drew hatte schon um Regen gebeten und stattdessen eine sternenklare Nacht bekommen, also konnte sie sich die Mühe sparen.

Und dann …

… bemerkte Will Drew, und sie erstarrte unter seinem Blick wie ein Reh im Scheinwerferlicht. Ob er jetzt rüberkommen und ihr Hallo sagen würde? Oder sie zu sich winken? Oder fragen, ob sie spazieren gehen wollte? Und falls ja, was sollte sie dann sagen? Und vor allem: Was *wollte* sie sagen?

Aber nichts davon spielte eine Rolle. Weil Will direkt wieder runter zu seinem Cupcake schaute und sich weiter mit Dune unterhielt.

Als.

Würde.

Drew.

Gar.

Nicht.

Existieren.

Was war hier los? Drew sollte doch diejenige sein, die *Will* aus dem Weg ging, nicht andersrum! Ihr inneres

Navi suchte verzweifelt nach ihrem verlorenen Standort.

Vielleicht hatte er sie ja doch nicht gesehen. Vielleicht wäre ihm fast der Cupcake aus der Hand gerutscht, und er hatte ihn retten müssen. Vielleicht hatte Dune gesagt: »Will, schau mich an, während ich mit dir rede!«

Egal, was stimmte – Drew brauchte Antworten. Wenn Will vorhatte, sie zu ignorieren, dann musste er es ihr wenigstens ins Gesicht sagen.

»Hey!«, sagte sie, als sie auf den Picknicktisch zukam.

»Hey«, antworteten die anderen.

Bis auf Will. Will war damit beschäftigt, das Backpapier von einem Brownie abzupulen.

»Na, wie läuft's, *Will?*«

»Gut.« Er stopfte sich den Brownie in den Mund. »Wiegehschdijeu?«

»Hä?«

»Ich sagte«, er schluckte, »wie geht's dir heute?«

Wie geht's dir heute? Echt jetzt? So was fragte man Kellner und Fremde im Aufzug. Aber doch nicht das Mädchen, mit dem man skaten ging! Nicht das Mädchen, das man geküsst hatte! Nicht das Mädchen, dem man seine Muschelkette geschenkt hatte! Nicht, dass Drew das Recht hatte, sich darüber aufzuregen. Tat sie aber trotzdem. »Es geht mir blendend, danke. Und selbst?«

Will zeigte ihr ein Daumenhoch, begleitet von einem unsicheren Lächeln. »Und selbst?«

»Immer noch blendend, danke.«

»Cool.«

»Peinlich!«, hustete Keelie.

Alle ihre Freunde lachten, bis auf Will. Er stand einfach mit gehobenen Augenbrauen und starrem Blick da, als würde er darauf warten, dass Drew eine Frage beantwortete, die er nie gestellt hatte. Sein Warm war jetzt kalt, sein Fröhlich traurig und sein Laut leise.

Auf einmal kam Drew ihre große Entscheidung – ob sie Will küssen oder sitzenlassen sollte – gar nicht mehr wie *ihre* Entscheidung vor, sondern wie Wills. Und er schien sie längst gefällt zu haben. Aber wieso?

Inzwischen war anscheinend auch bei Keelie und ihren Freunden angekommen, dass die Stimmung nicht die beste war, und sie verkrümelten sich. Drew kicherte nervös. Nicht weil irgendwas an ihrer Lage witzig gewesen wäre. Sondern weil sie nicht die richtigen Worte fand und deswegen lieber wahllos Geräusche von sich gab, um die Stille zu füllen.

»Kopf runter!« Henry sprang auf sie zu und fing eine Frisbeescheibe auf, ehe sie Drew umsäbeln konnte.

Ava H. tauchte auf und versuchte, sie ihm aus den Händen zu winden. Als ihr Versuch misslang, sprang sie Henry huckepack auf den Rücken und ließ sich von ihm unter kreischendem Gelächter runter zum Strand tragen.

Ava H. und Henry? Aber was ist mit Fonda? Alles in Ordnung mit ihr?

Auf einmal interessierte sich Drew nicht mehr die Bohne für den Kuss-Club, Armbänder, Pfefferminzbonbons und Duschhauben. Das waren alles nur Sachen – Sachen, die ihrer Freundschaft zu den Nesties im Weg standen. Die Nesties brauchten keinen Club, um sich nahe zu sein. Weil sie sich schon so nahe waren, wie man sich überhaupt sein konnte. Und Will? Will war mehr als ihr Schwarm. Mehr als ihr erster Kuss. Er war auch ein Freund. Ein Freund, der sich gerade aufführte wie ein Fremder.

Drew hob ein Stück Treibholz auf und schleuderte es in die Dunkelheit. Egal, wie holprig es gerade zwischen ihnen lief – es war ihnen immer schon leichtgefallen, miteinander zu reden. Und so sollte es auch bleiben. Für immer und ewig. »Wollen wir eine Sandburg bauen?«

»Öhm, nö, eigentlich nicht. Ist doch viel zu dunkel.«

»Oder ein paar Marshmallows übers Feuer halten?«

Will machte ein Kotzgesicht. »Zu viel Zucker.«

»Oder ein Wettrennen zu den Felsen und wieder zurück?«, fragte sie. »Wenn ich gewinne, musst du eine Handvoll Atomic Sours essen, und wenn du gewinnst …«

»Die sind alle.«

»Was ist alle?«

»Die Atomic Sours. Ich hab sie weggeworfen.«

Drews Magen zog sich schmerzhaft zusammen. Genauso gut hätte er *sie* wegwerfen können. »Wieso hast du mir nichts gesagt?«

»Ich war gestern bei der Zahnärztin und hatte ein Loch, also hab ich sie weggeworfen. Kein großes Ding.« Er malte mit dem Zeh Halbkreise in den Sand.

»Stimmt was nicht, Will?« *Moment mal! Bei der Zahnärztin?!* Bestimmt war dort auch sein Zungenpilz behandelt worden – oder Zilz, wie Drews Mom bestimmt gesagt hätte. Ob sein Schleifpapierproblem damit der Vergangenheit angehörte?

Es gab nur eine Möglichkeit, es herauszufinden. Ehe Will antworten konnte, sagte Drew: »Ich find's schön, mit dir rumzuhängen.«

Doch anstatt zuzustimmen, kratzte sich Will am Hinterkopf und murmelte: »Du weißt schon, dass du die Kette nicht zu tragen brauchst, oder?«

Drew stockte der Atem. Was war denn jetzt los? »Ich weiß, dass ich nicht muss. Aber ich möchte es gern.«

»Tja, also, weißt du, ich hab die ja zusammen mit meiner Familie im Camp von deinen Eltern gebastelt, und darum …«

»Du willst sie *zurück?*«

Will musterte angestrengt den Sand. »Ja, schätze schon.«

Mit Tränen in den Augen nestelte Drew am Verschluss herum. Ihr war speiübel. Und schwindelig. Als würde sie innerlich ertrinken. Sie wollte ihn fragen, warum er das machte, was sie ihm getan hatte und wie sie es wiedergutmachen konnte. Andererseits interessierte sie sich im Augenblick weniger für ihre gemeinsame Vergangenheit als für die Zukunft. Konnten sie weiter Filme in seiner Garage schauen? Endlostelefonate führen? Skaten gehen? Schon seltsam, dass sie ihn erst seit ein paar Monaten kannte und sich ein Leben ohne ihn trotzdem nicht mehr vorstellen konnte.

Mit zitternden Händen reichte Drew ihm die Kette. »Und jetzt?«

»Jetzt springe ich ins Meer.« Und ehe Drew anbieten konnte, ihn zu begleiten, war Will auf und davon.

Er winkte ihr nicht. Er drehte sich nicht noch einmal um. Er gab ihr keinen Abschiedskuss. Und zum ersten Mal an diesem Abend wollte Drew diesen Kuss um jeden Preis – Schleifpapierzunge hin oder her.

21. KAPITEL

Ruthie fand ihre Freunde aus der TSF auf Decken rund um ein Lagerfeuer, wo sie den zweieiigen Zwillingen Jayda und Jayden zuhörten, die »Riptide« auf der Gitarre spielten.

»Die Musik übertönt die weinenden Babys«, erklärte Tomoyo.

Und was ist mit den weinenden Seelen?, wollte Ruthie fragen, als sie den Sitzkreis nach Owen absuchte. Er war nicht da.

Dafür machte ihr Sage auf ihrer Decke Platz. »Hör mal, was sie spielen.«

»Nett«, sagte Ruthie, während sie sich setzte.

»Nett?« Sage nahm in einer effektheischenden Geste ihre schwarz gerahmte Brille ab. »Das ist nicht *nett*, das ist *Schicksal*. Heute Morgen haben wir erst gesagt, dass das unser Lieblings-Ukulelestück ist, und jetzt spielen sie es.«

»Oh, stimmt!«, sagte Ruthie und gab sich dabei alle Mühe, begeistert zu klingen.

»Was ist los?«, fragte Sage. »Magst du das Lied doch nicht mehr?«

»Doch, schon, aber sie spielen es auf der Gitarre, nicht auf der Ukulele, und …« Der Wind wechselte die Richtung und wehte den Rauch vom Lagerfeuer direkt in Ruthies Augen. Blinzelnd wandte sie sich ab.

»O ja, bei dir stimmt definitiv was nicht«, beharrte Sage. »Du kannst mir ja nicht mal in die Augen schauen.«

»Das hat nichts mit dir zu tun, sondern mit …«

»… Owen, stimmt's?«, fragte Sage. »Wo steckt er überhaupt?«

Zandra, die neben ihnen saß, beugte sich rüber. »Glaubst du, er ist irgendwo mit Popcornmädchen?«

Ruthie biss die Zähne zusammen. »Kann sein.« Der bloße Gedanke, dass Owen vielleicht gerade irgendwo mit ihrer Konkurrentin rumknutschte, gab Ruthie das Gefühl, ihr Inneres sei ein in die Jahre gekommener Staudamm, der die Flut ihrer Gefühle kaum mehr zurückhalten konnte.

Zandra zog eine Schnute. »Und jetzt lässt er dich einfach mit Atom sitzen. Das muss sich echt schrecklich anfühlen.« Sie umarmte Ruthie fest und rieb ihr tröstend den Rücken.

»Mach dir keine Gedanken«, sagte Sage. »Wir stehen das gemeinsam durch. Gerade fühlt es sich vielleicht so an, als ob du in einem Meer aus Traurigkeit ertrinkst, aber wenn irgendwer weiß, wie man den Kopf über Wasser behält, dann du.«

»Redet ihr über Owen?«, rief Everest über die Musik hinweg.

Sage nickte, während sie den Refrain mitsang.

»Der Typ taugt echt nicht zum Titanen«, sagte Tomoyo. »Das wusste ich direkt, als ich seine Kopf-Collage gesehen habe. Anzüge von den Brooks Brothers *und* Onesies? Komm schon, du musst dich mal entscheiden, Junge!«

»Genau«, sagte Sage. »Und das betrifft auch Ruthie und Popcornmädchen.«

»Fremdgehen ist das eine«, sagte Everest. »Aber sein Kind im Stich zu lassen ist echt noch mal was anderes. Das würde ich im Leben nicht machen.«

»Ich auch nicht«, merkte Conrad an.

»Genau«, rief Quinn.

Der Rauch hatte wieder die Richtung gewechselt, aber Ruthie hielt ihren Blick trotzdem weiter auf den Ozean gerichtet. Vielleicht wurde sie ja von einer Riesenwelle mitgerissen, rückwärts durch die Zeit katapultiert und vor drei Wochen wieder ausgespuckt. Ehe sie Owen gesagt hatte, dass sie nur mit ihm befreundet sein wollte. Ehe sie eine Erster-Kuss-Leugnerin geworden war. Und jemand, der hier am Strand saß und zuließ, dass die anderen Owen für einen Aufreißer hielten. Nicht nur war er unschuldig – er hatte auch keine Ahnung, was über ihn geredet wurde.

»Ruthie sollte sich einen anderen suchen«, verkündete Sage. »Oder, Leute?«

Alle applaudierten, selbst die Leute, die gar nicht in der TSF waren.

»Weiß inzwischen etwa die ganze Schule Bescheid?«, empörte sich Ruthie, bis ihr plötzlich klar wurde, dass die Leute gar nicht für Sage, sondern für Jayda und Jayden klatschten, die ihren Song beendet hatten. Trotzdem. Sie konnte doch nicht einfach *beschließen*, jemand anders zu mögen. So funktionierte das nicht!

»Siehst du?«, sagte Sage. »Du bist einfach zu gestresst, du brauchst ein bisschen Ablenkung. Jemanden, der dich spüren lässt, wie toll du bist.«

»Ähm, Einwand!«, sagte Alberta. »Das kann keiner besser als Ruthie selbst.«

Sage verdrehte die Augen. »Ich sagte, sie braucht *Ablenkung*, keine Therapiestunde. Irgendeinen Typen, mit dem sie reden kann, damit sie für eine Weile vergisst, dass sie sitzengelassen wurde.«

»Danke, dass du mich noch mal dran erinnerst«, stöhnte Ruthie. Aber vielleicht hatte Sage recht. Owen, Atom, der Kuss-Club, Popcornmädchen … Eigentlich war ihr gerade alles zu viel. Ein unverfänglicher Strandflirt mit jemand Neuem war vielleicht genau das, was sie gerade brauchte. »Okay, ich versuch's. Aber mit wem?«

»Es darf auf keinen Fall jemand aus der TSF sein. Wir sind zu schade, um uns als Trostpflaster zu benutzen.« Sage deutete auf die andere Seite der Feuerstelle. »Wie wär's mit Tanner Murray? Gut in Mathe, letzten Monat wurde ihm die Zahnspange entfernt, und er mag Mountainbiking.«

Ruthie seufzte. Sie mochte Radfahren auch, aber doch nicht auf dem Mountainbike. Hinten auf Owens E-Bike mitzufahren war eher ihr Ding. »Hm, ich weiß nicht …«

»Gut, Test bestanden. Du solltest dich nämlich nie direkt festlegen«, sagte Sage. »Wie stehst du zu Jake Bly? Spielt Polo, ist letztes Jahr beim Buchstabierwettbewerb Dritter geworden, und sein Vater führt ein Burrito-Restaurant.«

Ruthie blinzelte durch den wabernden Rauch, bis sie Jake entdeckte, der mit eichhörnchenhafter Entschlossenheit an seinem Daumennagel herumknabberte. Dann zeigte sie auf den Jungen neben Jake. »Und was ist mit dem da?«

Der Junge lag mit hinter dem Kopf verschränkten Händen im Sand und blickte in die Sterne hoch.

»Das ist Heaton Hampton«, sagte Sage. »Gelbgoldenes Haar, saphirblaue Augen, sportlich, aber keine Sportskanone, gute Noten, aber kein Überflieger. Eindeutig nicht im Besitz einer Stranddecke.«

»Er wirkt … nachdenklich. Das gefällt mir.«

»Aber eins solltest du wissen«, sagte Sage. »Letztes Jahr hat mir Stiefi erzählt, dass seine Achselhöhlen nach altem Käse stinken. Ich bin sicher, dass er inzwischen was dagegen getan hat, aber …« Sie verstummte kurz, um dem nächsten Song zu lauschen. Es war »California Dreamin«. Sie verdrehte die Augen. »Vielleicht solltest du dich vorher unauffällig näher schleichen, damit du einen Eindruck von seinem Achselgeruch gewinnen kannst.«

»Im Ernst?« Ruthie musste lachen. Es war eine ganze Weile her, dass sie zuletzt so etwas Albernes gemacht hatte.

»Da er sie gerade offen präsentiert, dürfte das kein Problem sein.«

Kichernd krochen sie außen um den Sitzkreis herum und machten ein paar Leute vor Heaton halt.

»Halte dich bereit, ich messe den Wind.« Sage leckte sich den Finger ab und hob ihn in den Himmel. »Ablandig«, sagte sie und malte etwa zwei Meter von Heatons linker Achselhöhle entfernt ein X in den Sand. »Okay, runter mit dir.«

Ruthie kringelte sich vor Lachen, weil ihre Mission so absurd war. Aber sie drückte sich Atom an die Brust und folgte Sages Anweisungen. Und dann kringelte sie sich noch ein bisschen mehr.

»Und jetzt tief einatmen!«, flüsterte Sage. »Aaaaatmeeeeeen!«

Ruthie atmete ein. Nichts als Rauch und Meeresluft. »Kein alter Käse«, flüsterte sie Sage zu, die über ihr stand wie ein Bodyguard.

»Vorsicht, Atoms Köpfchen hängt nach hinten!«, sagte in diesem Moment eine vertraute Stimme.

Wuuuusch! strömte die Hitze durch Ruthies ganzen Körper. *Owen?!*

»Sag mal, was denkst du dir eigentlich dabei, auf den letzten Drücker hier anzutanzen und Ruthie derart zu kritisieren?«, rief Sage über den Gesang der anderen hinweg. »Wo warst du denn, als Atom geweint hat? Ach, warte, ich weiß schon. Bei Popcornmädchen, stimmt's?«

Owen sah sie verwundert an. »Popcornmädchen?«

Ruthie stand auf. »Lass es gut sein, Sage.«

»Die meisten Leute wären unter der Belastung zusammengebrochen. Aber nicht so Ruthie. Sie hatte alles im Griff. Und zwar ganz. Und. Gar. *Allein.*«

»Wieso bist du denn so wütend auf mich?«, fragte Owen verwirrt. »Was hab ich ...«

»Wag es nicht, einen auf Dummdödel zu machen, Owen Lowell-Klein. Du weißt ganz genau, was du getan hast.«

Owen warf Ruthie einen Hilfe suchenden Blick zu und sagte lautlos: »Weiß ich *nicht.*«

Ruthie senkte den Blick.

»Wenn du so unglücklich warst, hättest du dich einfach anständig verhalten und sie verlassen können. Aber sie betrügen? Das ist unter deiner Würde.«

»Ruthie betrügen?«, kiekste Owen. »Ich hab nur ein einziges Mal in meinem Leben jemanden betrogen, und zwar, als ich meine Punktzahl beim Minigolf von 108 auf 94 runtergeschummelt habe. Das war auf der Geburtstagsfeier meines Cousins, ich war sieben, und der Leistungsdruck war enorm!«

»Schon gut, Sage«, sagte Ruthie in dem Versuch, ihre Freundin zu besänftigen.

Aber Sage war nicht aufzuhalten. Die Musik verstummte. Und auf einmal ruhten alle Blicke auf ihnen.

»Hör auf, das Unschuldslamm zu spielen, Owen«, knurrte Sage. »Und nur, damit du's weißt, Ruthie hat dich längst vergessen. Sie steht jetzt auf Heaton Hampton.«

»Auf mich?!«, fragte Heaton und stützte sich auf die Unterarme. »Und wer ist überhaupt diese Ruthie?«

»*Den* Typen magst du?«, fragte Owen.

»Was passt dir denn nicht an mir?«

»Nichts, tut mir leid.« Owen atmete lang und tief durch und fuhr in sanftem Tonfall fort: »Ruthie, es tut mir leid, dass ich dich mit Atom alleingelassen habe. Ich hätte ja angerufen, aber du hast kein Smartphone. Und selbst wenn, hätte das nichts genutzt. Weil in der Notaufnahme keine Telefone erlaubt sind.«

Die *Wuuuusch*-Hitze ließ nach. »Du warst in der Notaufnahme?«

Er nickte. »Franklin ist im Hunde-Spa von einem Pomapoo angegriffen worden und hat leichte Bisswunden erlitten. Eleanor hat das Ganze mitansehen müssen und ein schweres Trauma erlitten.«

»O nein!«, rief Ruthie entsetzt. »Werden die beiden wieder?«

Owen nickte erneut, schien aber kein Wort mehr herauszubringen, was dazu führte, dass Ruthie auch kein Wort mehr herausbrachte. Sie liebte Owens Hunde.

»Es tut mir leid.«

Er lächelte müde. »Das ist doch nicht deine Schuld.«

»Aber alles andere schon.«

Owen standen die Tränen in den Augen, und Ruthie sah weg, weil sie den Anblick nicht ertrug – nur um Fonda und Drew zu entdecken, die aus unterschiedlichen Richtungen auf sie zukamen. Beide waren allein unterwegs.

»Was ist deine Schuld?«, fragte Owen.

»Alle denken, dass wir zusammen sind, und deswegen sind sie wütend auf dich.«

»Zusammen? Du und ich?«

Ruthie nickte.

»Wegen Atom?«

Um sie herum bildete sich eine Menschentraube, und selbst die Wellen schienen zu schweigen. Ruthie wollte Owen in eine ruhige Ecke ziehen und das Gespräch unter vier Augen weiterführen. Doch sie fühlte sich moralisch verpflichtet, zu bleiben, wo sie war, und seinen Namen reinzuwaschen. Das war das Mindeste, was sie ihm schuldig war.

»Nein, nicht wegen Atom«, sagte sie. »Sondern weil ich sie in dem Glauben gelassen habe, dass wir ein Paar sind.«

Owen runzelte die Stirn. »Aber warum wolltest du, dass die anderen denken, dass wir ein Paar sind?«

»Damit ich …« Sie warf einen Blick zu Fonda und Drew, die sich inzwischen in die erste Reihe vorgedrängelt hatten und nicht weniger verwirrt wirkten als Owen. Ruthie wandte hastig den Blick ab und nuschelte: »Damitichineinenclubkann.«

»Einen *Club?* Wieso? Du hast doch sowieso schon so viele Hobbys«, sagte Owen. »Was ist das für ein Club?«

Fonda und Drew schüttelten warnend die Köpfe.

»Einen … ähm … einen Pärchenclub«, sagte Ruthie. »Nur für Paare. Und ich wollte, dass du mitmachst. Mit mir.«

»Das ergibt überhaupt keinen Sinn«, sagte Owen. »Wenn du wolltest, dass wir zusammen sind, wieso hast du dann zu mir gesagt, dass du bloß mit mir befreundet sein willst?«

Ruthies Wangen brannten. »Das hab ich gesagt?«

»Ja. Vergangenen Freitag. Direkt nachdem wir …« Owens Blick strich über die Zuschauermenge, und er fuhr schüchtern fort: »Du weißt schon.«

»Nein«, sagte Ruthie, obwohl sie es haargenau wusste. Aber wieso musste Owen ausgerechnet hier und jetzt vor allen – und auch noch vor Fonda und Drew – darüber reden?

»*Das* hast du vergessen?«, beharrte Owen.

Ruthie nickte.

»Nachdem wir …« Owen sah sich verstohlen um, schürzte die Lippen und machte Kussgeräusche. Als ob niemand hier kapiert hätte, was *das* bedeutete. »Du hast gesagt, dass du nicht mit mir zusammen sein willst, sondern nur befreundet. Und ich war einverstanden. Wir haben uns geeinigt.«

»Moment«, sagte Fonda und kam einen Schritt näher. »Ihr *habt* euch schon geküsst?«

»Vergangenen Freitag?«, sagte Drew.

»Kann auch zwei Wochenenden her sein«, sagte Owen. »Ich bin mir nicht ganz sicher, dank Atom ist meine innere Uhr total durcheinander.«

Lodernde Wut schoss aus den Augen der Nesties wie Laserstrahlen, die auf Ruthie gerichtet waren. Sie durchbohrten ihre Wangen, ihre Arme, ihren Kopf, ihr Herz.

Aber Ruthie war auch wütend. Wütend auf Owen, weil er allen verraten hatte, dass sie sich geküsst hatten. Wütend auf Drew, weil sie das Thema Küsse damals überhaupt angesprochen hatte. Wütend auf Fonda, weil sie den Kuss-Club gegründet hatte. Wütend auf Sage, weil sie Gerüchte verbreitet hatte. Vor allem aber war Ruthie wütend auf sich selbst. Würde sie jemals ihre kindische Angst davor, ausgeschlossen zu werden, abschütteln können? Wenn sie ihren Freundinnen einfach erzählt hätte, dass Owen sie überraschend schon geküsst hatte und sie sich durch den Club unter Druck gesetzt fühlte, wären ihre Probleme gar nicht erst entstanden. Sie hätte ihnen helfen können, Kusstechniken zu recherchieren oder ihre Mundhygiene zu verbessern. Es gab Dutzende Möglichkeiten, wie Ruthie sich im Club hätte nützlich machen können, ohne sich selbst zu verleugnen. Aber sie hatte jede einzelne ignoriert.

»Ach, deswegen sind alle so wütend auf mich?«, fragte Owen. »Weil sie denken, wir sind zusammen und ich gehe fremd?«

Ruthie nickte.

Owen schnaubte. »Aber mit wem denn?«

»Mit Popcornmädchen!«, sagte Sage.

»Wer ist denn Popcornmädchen?«

»Dummdödel«, fauchte Sage.

»Wieso bin *ich* denn jetzt der Dummdödel?«, fragte Owen verwirrt. »Ruthie hat alle Welt in dem Glauben gelassen, ich sei ein Schwerenöter!«

»Was ist ein Schwerenöter?«, fragte Heaton.

»Dummdödel«, fauchte Sage erneut.

Atom heulte los.

»Weil du auch gelogen hast!«, rief Ruthie.

»Ich?«, quiekte Owen. »Wann denn?«

»Ich hab dich gefragt, mit wem du im Einkaufszentrum warst, und du hast gesagt, mit niemandem.«

»Und was soll daran bitte gelogen sein?«

»Dass du …« Ruthie verstummte. Fonda und Drew standen mit verschränkten Armen und ihren Wut-Laseraugen da, ohne ein Wort zu sagen.

Sie packte das alles nicht mehr. Nicht solange alle zusahen. Sie hatte Owens Ruf wiederhergestellt und ihren eigenen ruiniert. Die Vorstellung war vorbei. Sie war erledigt. Und jetzt wollte sie nur noch nach Hause zu Foxie.

»Kann bitte jemand meinen Dad anrufen und ihm sagen, dass er mich abholen soll?«

»Du kannst jetzt doch nicht einfach so gehen!«, sagte Owen.

Da hatte er recht. Also ging sie nicht, sondern rannte.

22. KAPITEL

Fonda erwachte zum Wummern von Winfreys und Amelias Trap-Remix-Tape. Anstatt den Kopf unter einem Kissenhaufen zu vergraben, zog sie ihr Aktivistinnen-Outfit an, bestehend aus einem tannengrünen T-Shirt-Kleid, einer braunen Kunstwildlederjacke und hohen Turnschuhen mit Leopardenmuster. Es war Sonntag, aber Fonda war in Macherlaune.

Das Haus roch nach Zwiebeldip-Rülpsern. Auf dem Boden waren Bohnen verschmiert, Socken hingen vom Deckenventilator, Sofakissen verstopften die Duschkabine. Die wenigen Oberflächen, die nicht mit Limodosen vollgestellt waren, hatten einen klebrigen Schimmer. Und … öhm … waren das auf dem Flachbildfernseher etwa Po-Abdrücke?

»Nett, dass du dich auch mal blicken lässt«, sagte Amelia, die mit einem Mopp in der Hand an Fonda vorbeiwieselte. Sie trug eine schlabbrige Jogginghose, ein riesiges T-Shirt und Sportsocken. Selbst aufräumen zu müssen hatte sie eindeutig ruiniert.

Winfrey, die ebenfalls wie Cinderella vor dem Ball gekleidet war, kroch auf allen vieren herum, zog dabei den Staubsauger am Kabel hinter sich her und suchte eine Steckdose. »Müllsäcke sind in der Küche«, sagte sie zu Fonda. »Fang hinten im Garten an.«

Fonda lief zur Haustür.

»Ich sagte *hinten!*«, rief Winfrey.

»Tut mir leid, aber ich muss meinen eigenen Partymüll aufräumen.«

Fonda konnte nicht anders, als sich zumindest teilweise verantwortlich zu fühlen für Ruthies … was auch immer das gestern Abend gewesen sein mochte. Hätte Fonda nicht den Kuss-Club ins Leben gerufen, hätte Ruthie nicht verheimlichen müssen, dass sie Owen geküsst hatte. Sie hätte nicht so tun müssen, als wären sie ein Paar, und sie hätte nicht eine geschlagene Woche lang ihre Nesties belügen müssen. Nicht, dass es Fonda egal war, dass Ruthie ihr nichts von dem Kuss erzählt hatte. Es tat weh, dass sie Fonda nicht genug vertraute, um ihr die Wahrheit zu sagen, und dass Fonda die Wahrheit gemeinsam mit allen anderen erfahren hatte. Aber sie konnte schlecht behaupten, dass sie nicht verstand, wieso Ruthie sich so entschieden hatte. Immerhin war Fonda selbst nicht gerade die Aufrichtigkeit in Person gewesen. Sie hatte ihren Freundinnen nie gebeichtet, dass sie Henry gar nicht küssen wollte. Sie hatte niemandem, auch nicht sich selbst, die Möglichkeit gegeben, den Dingen einfach ihren Lauf zu lassen. Und das Schlimmste daran? Ruthie hatte Owen geküsst, und Fonda kannte nicht ein einziges pikantes Detail.

Wie vereinbart holte Fonda Drew auf dem Weg zu Ruthie ab.

»Du hast ja ein richtiges Sonntagsoutfit an«, sagte Drew.

»Du doch auch.«

»Stimmt nicht. Ich trage eine weiße Jogginghose.«

»Ja, aber sie ist sauber.«

»Da hast du allerdings recht.« Drew lächelte.

Fonda lächelte ebenfalls, vor allem vor Erleichterung. Drew hatte sie immer noch nicht auf den Kuss mit Henry angesprochen und musste ihr noch die Einzelheiten über *ihren* Kuss mit Will erzählen. Vielleicht war sie so beschäftigt mit dem Ruthie-Skandal, dass sie fand, ihre eigene Geschichte könnte warten. Was ein Segen war. Fonda hatte es nämlich ganz und gar nicht eilig damit, ihren Freundinnen zu beichten, dass sie es sich im letzten Moment anders überlegt hatte. Einen Pakt zu brechen war das eine. Einen Pakt zu brechen, den man selbst ins Leben gerufen hatte, dagegen …

»Ruthie schläft noch«, sagte Dr. Fran, nachdem sie ihnen die Tür geöffnet hatte. Sie trug heute keine Kontaktlinsen, sondern ihre Brille, was bedeutete, dass sie keinen Bereitschaftsdienst hatte und vermutlich mit Backen beschäftigt war. »Ich mache mir Sorgen um sie. Normalerweise schläft sie doch nie so lange! Ist auf der Party gestern irgendetwas vorgefallen?«

Fonda und Drew wechselten einen Blick.

»Ach, vermutlich ist sie nur müde, weil sie sich die ganze Woche um Atom kümmern musste«, sagte Fonda.

»Genau«, pflichtete Drew ihr bei. »Trotzdem sehen wir besser mal nach ihr.«

»Moment!« Dr. Fran verschwand in der Küche und kam mit einem Teller voller warmer Blaubeer-Muffins zurück. »Nehmt ihr die mit? Die mag sie am liebsten.«

Fonda und Drew fanden Ruthie mit angewinkelten Beinen auf dem Bett liegend vor. Foxie balancierte auf ihren Knien. Ruthie redete mit ihrem Stofftier. Was nur eins bedeuten konnte: dass es schlecht um sie stand.

»Wer hat Lust auf Muuuu-ffinnnns?«, rief Drew.

Ruthie streckte hastig die Beine aus und ließ Foxie unter ihrer Decke verschwinden. Dann wischte sie sich über die tränennassen Wangen und rang sich ein Grinsen ab. »Erzählt mir alles! Wehe, ihr lasst auch nur das kleinste Detail aus«, sagte sie. Ihre blauen Augen waren rot gerändert, ihr Blick leer. »Wie waren eure ersten Küsse?«

»Wir sind nicht hier, um über *unsere* Küsse zu reden, sondern über deinen«, sagte Fonda in ihrem allernettesten Tonfall. Ruthie brauchte jetzt keine Standpauke, sondern eine Freundin, die Verständnis zeigte. Und niemand verstand besser als Fonda, was für einen Druck der Pakt bedeutet hatte.

»Eigentlich war es eher so was wie ein Unfall«, begann Ruthie. »Ich hab zu Owen gesagt, dass ich es schön finde, dass er mein Freund ist. Er dachte, ich meine *Freund*, und da hat er mich geküsst.«

Drew und Fonda quietschten.

»Ungefähr eine Sekunde lang. Und fragt mich bloß nicht, wie es war, weil ich nämlich zu schockiert war, um mir irgendwas zu merken. Jedenfalls haben wir uns danach darauf geeinigt, dass es ein Missverständnis war, und … Es tut mir so wahnsinnig leid, Leute«, sagte Ruthie, und wieder rannen ihr die Tränen über die Wangen. »Ich hätte euch die Wahrheit über Owen sagen müssen. Aber ich hatte einfach zu große Angst, dass ich nicht im Club mitmachen darf.«

Die Nesties legten sich neben sie.

»Das ist meine Schuld«, sagte Fonda. »Ich hätte den Club nie ins Leben rufen dürfen.«

»Nein, *mir* tut es leid«, warf Drew ein. »Weil ich unbedingt Will küssen wollte.«

Sie schien nicht das kleinste bisschen sauer zu sein, dass Ruthie den Pakt gebrochen hatte. Und wenn Drew deswegen nicht sauer auf Ruthie war, würde sie ja vielleicht auch nicht sauer auf Fonda sein!

»Aber du mochtest ihn ja schon einen ganzen Monat lang«, sagte Ruthie. »Klar wolltest du ihn da küssen. Und am Ende war sowieso alles meine Schuld, weil ich so getan habe, als ob Owen und ich zusammen sind.«

»Aber wieso hast du das überhaupt gemacht?«, fragte Drew. »Ich meine, wenn du nicht in ihn verliebt warst, wieso hast du dir dann nicht einfach einen anderen Jungen gesucht? Oder du hättest uns erzählen können, dass du gerade in *niemanden* verliebt bist. Das hätten wir doch verstanden!«

Fondas Anspannung wuchs. So zu tun, als würde sie einen Jungen mögen, nur um dazuzugehören, war auch ihr Verbrechen. Und wenn man es laut aussprach, klang es noch viel erbärmlicher.

»Das ist es ja gerade«, sagte Ruthie. »Wie sich herausgestellt hat, *mag* ich Owen!«

»Aber das ist doch super!«, sagte Drew.

»Ist es nicht. Weil er Popcornmädchen mag.«

»Trotzdem«, widersprach Fonda. »Zumindest weißt du jetzt, dass du Owen magst, weil er Owen ist, und nicht wegen eines doofen Kuss-Pakts.«

»Genau das hat Foxie auch gesagt«, gestand Ruthie. »Aber besser fühle ich mich dadurch trotzdem nicht.« Sie schüttelte den Kopf, als würde sie versuchen, ihr Gespräch von der Festplatte zu löschen, um Platz für das nächste zu schaffen. »Und jetzt lasst uns lieber über euch reden. Hast du Henry geküsst, Fonda?«

»Ja«, sagte Fonda.

»Echt?«, kreischte Drew.

»Jepp. Ich hab ihm einen Abschiedskuss gegeben. Nur dass ich den Teil mit dem Kuss weggelassen habe.«

Drew legte den Kopf schief. »Hä?«

»Ava H. mag ihn wirklich, und …«

»Und was?«

»Und …« Fonda verstummte. Ihre Schwestern hatten die ganze Zeit über recht gehabt: Sie war ein unreifes, pubertätsgebeuteltes kleines Mädchen, das zu einer BH- und kusslosen Existenz verdammt war. Aber das hier waren Drew und Ruthie, nicht Winfrey und Amelia.

Die Nesties benahmen sich stets wie wahre Schwestern. Also sah Fonda sie nach einem tiefen Seufzer an und sagte: »Ich war einfach noch nicht so weit.«

Drew verpasste ihr eine nach Weichspüler duftende Umarmung und sagte: »Zumindest hätte Henry dich geküsst, wenn du gewollt hättest. Ich hab es mit Will versucht, aber er ist vor mir geflüchtet.«

Fonda erwiderte die Umarmung. »Es ist in Ordnung, wenn du noch nicht bereit warst. Du kannst ehrlich zu uns sein. Ich hab gerade ja auch zugegeben, dass ich noch nicht so weit war. Dann darfst du das auch.«

»Aber ich *bin* ehrlich«, beharrte Drew. »Er wollte sogar seine Muschelkette zurück. Auf einmal hasst er mich, und ich habe keine Ahnung, wieso.«

»Vielleicht ist *Will* ja noch nicht so weit«, schlug Fonda vor. Jetzt kam sie sich doch vor wie eine Kuss-Expertin, wenn auch auf ganz andere Weise als geplant. Nämlich als Expertin für *Nicht*-Küsse.

»Aber er *ist* so weit«, sagte Drew.

»Woher willst du das wissen?«, fragte Ruthie.

»Na ja …« Drew zögerte. »Als wir letzten Mittwoch skaten waren, hat er …«

»Ach. Du. Liebes. Lieschen!«, rief Ruthie. »Du etwa auch?!«

Drew nickte.

Fonda verschränkte die Arme. Jetzt war sie schon wieder verletzt. Oh, und wie! Weil Drew und Ruthie *beide* jemanden geküsst und es nicht erzählt hatten. Und dabei sollten sie einander doch *alles* erzählen!

»Lass mich raten«, stieß sie hervor. »Du hast uns wegen des Paktes nichts davon erzählt.«

Drew nickte. »Und außerdem wollte ich nicht, dass ihr mich für eine hormongesteuerte Kussfanatikerin haltet.«

»Zu spät«, neckte Fonda sie. »Und wie war's?«

»Rau und holprig«, antwortete Drew.

»Wieso denn das?« Ruthie kicherte. »Seid ihr dabei Skateboard gefahren?«

»Nein, das war eher eine Frage der Zungentextur.«

»So wie Knisterfolie?«, fragte Fonda.

»Eher so wie Sandpapier.«

»Iiihhh!«, quietschten Ruthie und Fonda.

»Nicht, dass ich Ärztin wäre – aber für mich klingt das nicht normal«, sagte Ruthie und griff nach einem Muffin. »Kommt, wir fragen mal meine Mom.«

Drew schlug Ruthie den Muffin aus der Hand. »Kommt nicht infrage! Das ist eine Privatangelegenheit!«

»Und was hast du zu ihm gesagt?«, fragte Fonda. Inzwischen war sie dankbar, dass sie Henry nicht geküsst hatte. Was, wenn er auch eine Schleifpapierzunge hatte?

»Gar nichts. Ich bin ihm die restliche Woche über aus dem Weg gegangen.«

»Dann denkt er vermutlich, dass du ihn nicht mehr magst«, sagte Ruthie.

»*Magst* du ihn denn noch?«, fragte Fonda.

»Klar!« Drew knibbelte an ihrer Nagelhaut herum. »Ich war nur durcheinander. Aber am Freitag war er bei der Zahnärztin, die hat sich bestimmt um sein Zungenproblem gekümmert.« Sie seufzte. »Allerdings werde ich das vermutlich nie erfahren.«

Fonda betrachtete die Puzzles an Ruthies Wänden. Sie bestanden aus Tausenden Einzelstücken. Doch mit etwas Zeit und Mühe hatte Ruthie sie wieder zusammensetzen können. Es gab Hoffnung.

»Du solltest mit Will reden. Frag ihn doch einfach, wieso er sich so benommen hat.«

Drew seufzte erneut. »Vielleicht hast du recht.«

»Und ich würde es bald tun«, drängte Ruthie. »Ehe er auch ein Popcornmädchen findet.«

»Die Wahrheit fühlt sich einfach besser an«, sagte Fonda zu ihren Nesties. »Selbst wenn sie wehtut.«

Ruthie lachte auf. »Und das hat Foxie auch gesagt.«

»Drew, du fragst Will, wieso er seine Kette wiederhaben wollte. Und du, Ruthie, erzählst Owen, dass du nicht nur mit ihm befreundet sein willst.«

»Hm«, machte Ruthie. »Das hab ich schon versucht. Leider lief es nicht so gut.«

»Was ist passiert?«

»Ich bin weggerannt und nach Hause geflüchtet.«

»Wieso?«, fragte Drew.

»Weil Popcornmädchen bei ihm war.«

Fonda verdrehte die Augen. »Das heißt, er weiß es nicht?«

»Genau.«

»Als Owen versucht hat, dich zu küssen, hast du ihn abblitzen lassen«, sagte Fonda zu Ruthie. Dann wandte sie sich an Drew. »Und als Will dich geküsst hast, bist du ihm danach die ganze Woche über aus dem Weg gegangen. Oder?«

Beide nickten.

»Da zeichnet sich doch ganz klar ein Muster ab! Ihr habt ihnen das Gefühl gegeben, dass ihr sie nicht mögt!«

»Ich weiß nicht …« Ruthie versagte die Stimme.

»Will hat mir gestern Abend ziemlich deutlich mitgeteilt, was er für mich empfindet.« Drew zog eine Schnute.

»Trotzdem braucht ihr Antworten«, sagte Fonda. »Ich bin für euch da, ganz egal, wie diese Antworten ausfallen. Hey, wisst ihr was? Wir schließen einen neuen Pakt. Einen Ich-bin-für-euch-da-Pakt!«

Zwei Blaubeermuffins klatschten gegen Fondas Stirn. Lachend stopfte sie sich beide in den Mund. Sie waren ihre erste richtige Mahlzeit in dieser Woche.

23. KAPITEL

Ruthie stand mit Atom auf dem Rücken und einem Poster unter dem Arm vor Owens Tür und zögerte. War sie wirklich bereit für das, was jetzt kommen würde?

Als sie die Hand nach der Klingel ausstreckte, schob sich eine graue Kumuluswolke vor die Sonne. War das ein Zeichen? Standen Ruthies Liebesleben düstere Zeiten bevor? Würde ihre gesamte Zukunft grau in grau verlaufen? Aber Fonda hatte recht: Es gab nur einen Weg, es herauszufinden.

Einige Sekunden später öffnete Owen die Tür. Waren seine Eltern überhaupt jemals zu Hause?

»Hey«, sagte er und schlang seinen schwarzen Bademantel fester um sich. »Was machst du hier?« Er klang aufgeregt. *Zu* aufgeregt. Und er dämpfte seinen Tonfall sofort wieder. »Ich muss mich doch erst ab drei um Atom kümmern. Oder haben wir den Dienstplan geändert, und ich hab es vergessen?«

»Ähm, n-nein«, stammelte Ruthie. »Ich wollte dir nur einen Lifehack zeigen, den ich entdeckt habe.« Sie holte Atom aus seiner Trage. »Ich hab Duct Tape auf seinen Lautsprecher geklebt. Dadurch schreit er nicht mehr so laut. Heute Nacht hab ich geschlafen wie ein Baby. Was eine vollkommen sinnlose Redewendung ist, weil Babys die schlechtesten Schläfer überhaupt sind.«

Owen kratzte sich im Nacken. »Ich komm nicht mehr mit.«

»Aber das ist doch ganz einfach«, erklärte Ruthie. »Duct Tape wird mit druckempfindlichem Klebstoff hergestellt, der …«

»Ich weiß, wie Duct Tape funktioniert, Ruthie. Aber ich kapier nicht, wieso du hier bist. Gestern Abend hast du mich noch als Lügner bezeichnet und mir öffentlich unterstellt, dass ich irgendein Popcornmädchen hofiere, und bist danach einfach weggerannt. Und jetzt benimmst du dich wieder ganz normal und Ruthie-mäßig?«

Owen hatte recht. Sie spielte ihm etwas vor. Nämlich dass alles in Ordnung war.

»Bist du wirklich extra vorbeigekommen, um dich über Duct Tape zu unterhalten?«, fragte Owen.

Ruthie schnallte Atom wieder in seine Trage. »Eigentlich, ähm … Also, eigentlich bin ich da, um nach Franklin und Eleanor zu sehen. Geht es ihnen besser?«

»Danke der Nachfrage«, entgegnete er höflich. »Morgen dürfen sie wieder nach Hause.«

»Puh!«, sagte Ruthie, um Zeit zu schinden, in der sie nach den richtigen Worten suchte.

In der Schule lief es besser, je mehr sie lernte. Aber außerhalb des Klassenzimmers versagte sie auch dann, wenn sie sich riesige Mühe gab, manchmal komplett. Langsam kamen ihr Zweifel, dass die TSF die Titanen tatsächlich auf das wahre Leben vorbereitete. »Owen, darf ich dich was fragen?«

Er nickte.

»Warum hast du behauptet, dass du neulich allein im Einkaufszentrum warst? Wieso hast du gelogen?«

»Aber ich hab doch gar nicht gelogen.«

»Ich hab dich mit diesem Mädchen *gesehen*.«

Er fuhr sich durch sein Legofiguren-Haar, als wolle er sein Hirn anregen, sich zu erinnern. »Du meinst *Meg?*«

»Klar, wenn das ihr Name ist«, sagte Ruthie. »Du hättest mir doch einfach sagen können, dass du in sie verliebt bist. Du hättest mich doch gar nicht …«

»Verliebt? In Meg?!« Er linste zu dem Poster, das Ruthie hinter ihrem Rücken versteckte. Das Poster, an dem sie nach ihrem Gespräch mit den Nesties eine Stunde lang gebastelt hatte. Das Poster, das sie ihm vermutlich niemals zeigen würde, weil ihr der Mut dazu fehlte.

»Meg ist nur eine Bekannte. Unsere Moms sind im selben Buchclub. Der mit den Liebesromanen. Aber wir waren nicht zusammen im Einkaufszentrum, wir sind uns dort nur zufällig über den Weg gelaufen, weil wir beide ein Buch für unsere Moms besorgen mussten. Seit sie uns die E-Bikes geschenkt haben, müssen wir ständig irgendwelche Erledigungen für sie machen. Ganz schön nervig, kann ich dir sagen.«

»Aber … wieso war sie denn dann neulich hier bei dir?«, fragte Ruthie. Sie war noch lange nicht so weit, Popcornmädchen bei seinem richtigen Namen zu nennen.

»Ach, die Moms stecken uns Kinder immer zusammen, während sie ihre Clubtreffen haben. Die anderen waren noch unterwegs, Meg war einfach nur als Erste da.«

»Oh.« Ruthies herumwirbelnde Gedanken beruhigten sich gemeinsam mit ihrem Puls. Schon wieder ein Missverständnis. Aber eins, das auf ihre Kappe ging. »Es tut mir so leid.«

»Was denn genau?«, fragte Owen. »Dass du mich für einen Lügner gehalten hast oder dass du überall herumerzählt hast, dass ich dir fremdgehe?«

»Beides.«

Owen schob die Hände in die Bademanteltaschen und wippte auf den Ballen. »Schon in Ordnung, ich verzeihe dir.«

»Echt?«

»Ja. Alle haben mich für einen Frauenhelden gehalten. Das passiert mir vermutlich nie wieder.«

»Aber du bist doch einer!«, sagte Ruthie. »Popcornmäd… Ich meine Meg … Sie mag dich. Das hab ich ihr auf den ersten Blick angesehen, als ich vor deiner Tür stand.«

»Tja, aber leider ist sie nicht mein Semikolon. Das bist nämlich schon du.«

Ein Adrenalinschub schoss durch Ruthies Körper. »Moment, was hast du gerade gesagt?« Hatte Owen gerade ernsthaft ihren Semikolon-Vergleich verwendet? Aber wie war das möglich?

»Ich hab dich über die Sicherheitskamera beim Üben beobachtet«, gestand er schüchtern. »Als du gesagt hast, dass du getrennt, aber zusammen sein willst, wie ein …«

»Hast du das gerade gesagt, um mich komplett durcheinanderzubringen, oder war das ernst gemeint?«

»Ernst gemeint«, sagte er. Dann hob er die Augenbrauen. »Und du?«

Ruthie reichte ihm das Poster.

»Ist das eine Kopf-Collage?«

Sie nickte.

»War das eine Hausaufgabe von Rhea?«

»Nein.«

»Aber warum hast du dann eine gemacht?«

»Um dir zu zeigen, woran ich so denke.«

Owen nahm Ruthie das Bild aus der Hand. Es zeigte Ruthie und Owen und ein Semikolon, das zwischen ihnen schwebte. Er hob den Blick mit einem Lächeln, das bis zu seinen Augen reichte. Es war so warm, so strahlend, dass Ruthie sogar die graue Kumuluswolke vergaß. »Du … Du denkst an *mich?*«

Mit brennenden Wangen nickte Ruthie.

»Wollen wir noch mal von vorn anfangen?«, fragte Owen immer noch strahlend.

Ruthie nickte wieder.

Owen streckte ihr seine rechte Hand hin, und Ruthie ergriff sie.

Und dann schüttelten sie sich die Hände.

Und schüttelten.

Und schüttelten.

Und dabei hielt Owen Ruthies Hand, und Ruthie hielt Owens.

Getrennt, aber zusammen.

Genauso wie ein Semikolon eben.

24. KAPITEL

Drew landete einen weiteren Ollie. Es war ihr fünfter in Folge. Wenn sie es bis zehn schaffte, würde sie Will anrufen. Wenn sie es vermasselte, musste sie noch mal von vorn anfangen, und der Anruf würde warten müssen. Die Strategie war seltsam, weil Drew die zehn Ollies in Folge schaffen *wollte*. Wer wollte das nicht? Aber die Belohnung war eher eine Strafe. Nicht, dass Drew nicht mit Will reden wollte. Wollte sie nämlich unbedingt! Aber sie hatte Angst davor, dass er sie wieder abblitzen ließ. So große Angst, dass sie kurz davor war, in ihren Helm zu kübeln.

Als sie den sechsten Ollie landete, dachte sie daran, wie Will und sie das letzte Mal miteinander geskatet hatten. Genau hier, in ihrem Vorgarten war das gewesen, kurz bevor sie sich geküsst hatten. Als sie die Stelle anschaute, war sie noch ein bisschen näher dran, in ihren Helm zu kübeln. Nicht wegen der Zunge – jedenfalls nicht mehr. Sondern weil ihr Timing so schlecht war. Jetzt, wo Drew kein Problem mehr mit der Schleifpapierzunge hatte, hatte Will ein Problem mit *Drew.*

Oder … vielleicht doch nicht?

Ollie Nummer sieben.

Ollie Nummer acht.

Ollie Nummer neun.

Ollie Nummer zehn.

Verdammt! Das war ihr persönlicher Höchststand, und sie hatte ihn ausgerechnet geschafft, als sie sich an ihrem persönlichen Tiefpunkt befand.

Drew kickte sich das Brett in die Hand und setzte sich auf die Bordsteinkante. Die untergehende Sonne warf einen langen Schatten hinter sie. Sie dachte an Will. Daran, dass da eigentlich *zwei* Schatten sein sollten.

Sie holte ihr Telefon heraus.

Was sollte sie sagen? Was würde *er* sagen? Was, wenn er gar nicht dranging? Was, *wenn* er dranging?

Drew steckte das Telefon wieder weg.

Aber sie hatte Ruthie und Fonda versprochen, dass sie Will vor Sonnenuntergang anrufen würde.

Also holte sie das Telefon wieder hervor und tippte auf Wills Nummer.

Es klingelte.

Und klingelte.

Und klingelte.

Sie legte auf.

Dreimal Klingeln reichte ja wohl, um dranzugehen. Also wollte er wohl nicht mit ihr reden.

Außer er hatte gerade drangehen wollen, als sie aufgelegt hatte.

Sie tippte noch mal auf seine Nummer.

Es klingelte. Und klingelte.

Hastig legte sie wieder auf und stellte sich auf ihr Brett.

Sie skatete.

Hörte auf.

Tippte.

Bekam Panik.

Legte auf.

Skatete.

Hörte auf.

Tippte.

Bekam Panik.

Legte auf.

Was war denn nur los mit ihr? Wieso fiel ihr das so schwer? Sie schob sich das Telefon zurück in die Tasche, sprang auf ihr Brett und fuhr los, so schnell sie konnte.

Und fuhr.

Und fuhr.

Immer schneller.

Die eine Straße hoch.

Die nächste Straße runter.

Drew wollte skaten, bis sie keine Kraft mehr hatte und nicht mehr an Will denken musste. Sie wollte nicht an ihre entspannten Gespräche denken, an all die Dinge, die sie gemeinsam hatten. An seine jeansblauen Augen oder ihre vibrierende Po-Tasche …

Sie blieb stehen. Das war ihr Telefon. Jemand rief sie an! Mit zitternden Händen warf Drew einen Blick aufs Display … Es war Will!

Sie kickte sich ihr Brett in die Hand und zwang sich, den Anruf anzunehmen.

»Hallo?«, sagte sie und versuchte, dabei nicht außer Atem zu klingen.

»Hey. Kann es sein, dass du mich ungefähr fünfzehnmal angerufen hast?«

»Nein. Ich bin skaten. Müssen Hosentaschenanrufe gewesen sein.«

»Wow, deine Hosentasche scheint ja echt dringend mit mir reden zu wollen.«

»Kann sein, frag sie doch.«

Will lachte. Drew nicht, obwohl sie gern wollte. Aber wenn sie lachte, wirkte das so, als sei alles so wie immer. Dass sie so weitermachen konnten, als sei nichts passiert. Und dass sie dieses unangenehme Gespräch einfach überspringen konnten. Aber Drew hatte genug davon, Problemen aus dem Weg zu gehen. Weil das nicht nur ein Zeichen von Schwäche war, sondern auch sinnlos. Weil die Probleme dadurch nicht verschwanden, sondern größer wurden.

»Aber wo ich dich schon dran habe«, sagte sie. »Ich wollte dir sagen, dass es mir leidtut, dass wir am Donnerstag und am Freitag nichts zusammen gemacht haben. Ich hatte so schlimme Kopfschmerzen, dass sogar das Reden wehgetan hat.«

Kleine Unwahrheiten zählten nicht als Lügen, oder?

»Okay.«

»Okay?«

»Ja, das ist schon okay«, sagte Will. Keine weiteren Fragen, kein Wenn und Aber. Entweder er wollte unbedingt, dass dieses peinliche Telefonat endete und sie wieder so weitermachen konnten wie in den guten alten Zeiten, oder er wollte unbedingt, dass dieses peinliche Telefonat endete und er endlich auflegen konnte.

»Heißt das, du willst noch mit mir rumhängen?«, fragte Drew.

»Klar.«

»Aber wieso warst du dann gestern Abend so komisch zu mir?«

Will sagte nichts.

»Hallo?«, fragte sie. »Bist du noch da?«

»Ja«, sagte er leise. »Es ist nur …« Er verstummte wieder. »Es tut mir leid, dass ich dich geküsst habe.«

»Ähm … okay«, sagte Drew, weil sie nicht richtig wusste, was sie damit anfangen sollte. »Wieso?«

Will atmete tief durch, dann sagte er: »Danach hast du total durcheinander gewirkt. Als ob du nicht mehr mit mir reden willst. Weißt du, ich dachte … Also, ich dachte, du willst das auch … Aber … aber wenn ich gewusst hätte, dass du gar nicht willst, hätte ich natürlich nie …«

»Oh, aber so war das doch gar nicht.«

»Ach so?«

»Ja.«

»Aber warum bist du dann einfach weggelaufen? Und wieso hast du in der Schule nicht mehr mit mir geredet?«

Drew zögerte. Aber sie wollte nicht mehr lügen. »Ich hatte keine Kopfschmerzen. Sondern ein Zungenproblem. Aber das passt schon! Es braucht dir nicht peinlich zu sein, ich hab kein Problem mehr damit«, sagte sie. »Hast du sie anschauen lassen?«

»Ich *meine?*«, fragte er. »Und was ist mit deiner?«

»Mit meiner was?«

»Mit deiner Zunge! Hast du sie anschauen lassen?«

»Hä?«, machte Drew. »Wieso sollte *ich* meine Zunge anschauen lassen?«

»Na ja, die hat sich irgendwie angefühlt wie … wie die von einer Katze.« Sie konnte ihm anhören, dass er ein bisschen grinsen musste.

»Und deine war wie Schleifpapier«, schoss Drew zurück. »Warst du deswegen bei der Zahnärztin? Hat sie dir irgendwas verschrieben?«

»Nein, ich hatte ein Loch im Zahn.«

»Und sie hat nichts zu deiner Zunge gesagt?«

»Nein, hat sie nicht. Weil es meiner Zunge bestens geht. *Du* bist hier diejenige mit der Problemzunge.«

»Bin ich nicht!«, sagte Drew lachend. »Und ich kann es auch beweisen.«

»Echt? Und wie?«, fragte Will. »Moment, es hat gerade geklingelt.«

Ein paar Sekunden später riss er die Haustür auf, und ein strahlendes Lächeln breitete sich auf seinem Gesicht aus.

»Streck die Zunge raus«, sagte Drew.

Will streckte die Zunge raus.

Drew verfiel in den Krankenschwesternmodus und leuchtete ihm mit der Taschenlampenfunktion in den Mund. »Hm … keine auffällige Rillenbildung, keine pilzartigen Wucherungen, kein Belag.« Sie ließ das Telefon wieder sinken. »Alles paletti, würde ich sagen.«

Will kam näher. »Und jetzt du.« Er roch nach Kokos-Sonnenöl.

Drew streckte voller Zuversicht die Zunge raus und machte *Aaaahhhh!*

»Gut so.« Will hing halb in Drews Rachen. »Alles in Ordnung.«

»Hab ich doch gesagt.«

»Hab *ich* doch gesagt.«

Sie standen da und starrten einander an, bis Will das Schweigen brach. »Dann bist du mir also nicht aus dem Weg gegangen, weil ich dich geküsst habe?«

»Nein«, sagte Drew. »Ich *wollte*, dass du mich küsst. Ich war nur panisch wegen deiner Schleifpapierzunge.«

»Ich war *auch* panisch, und zwar wegen *deiner* Schleifpapierzunge. Aber aus dem Weg gegangen bin ich dir trotzdem nicht.«

Drew straffte die Schultern. »Moment mal, das war kein Witz? Hab ich echt auch eine Schleifpapierzunge?«

Will nickte.

»Aber wieso?« Drew kam sich plötzlich ganz klein vor. Wie hatte sie nur so vorschnell urteilen können? Und was für ein Glück sie hatte, dass er es nicht tat!

»Vielleicht sollten wir das noch mal überprüfen«, schlug Drew mit klopfendem Herzen vor. »Nur um ganz sicherzugehen?«

»Ja, vielleicht wäre das besser.«

Drew machte einen Schritt.

Will auch.

Drew beugte sich vor.

Will auch.

Ihre Lippen trafen aufeinander. Dann ihre Zungen. Wills war warm, weich und … *glatt*.

Drew wich zurück. »Du fühlst dich ja gar nicht mehr nach Schleifpapier an!«

Will strahlte. »Und du dich nicht nach Katze!«

»Hey, wollen wir nach der Schule ins Fresh & Fruity, um das zu feiern?«, fragte Drew.

»Gern. Aber bitte keine Atomic Sours mehr. Ich fürchte, die sind schuld an meinem Loch im Zahn.«

Drew machte ein nachdenkliches Gesicht und neigte den Kopf zur Seite. »Moment mal. Könnte es sein …«

»Könnte was sein?«

»Könnte es sein, dass sich unsere Zungen wegen der Atomic Sours wie Schleifpapier angefühlt haben?«

Wills Augenbrauen schossen in die Höhe. »Dr. Savo meinte, dass säurehaltige Süßigkeiten den Zahnschmelz kaputt machen. Vielleicht machen sie ja auch Zungen kaputt!«

»Das muss es sein! Und als wir aufgehört haben, die Atomic Sours zu essen, haben sich unsere Zungen wieder entschleifpapiert.«

Ohne Vorwarnung beugte sich Will vor, legte die Hand an Drews Wange und küsste sie noch mal.

Niemand wusste davon, und niemand sah zu. Dieser Kuss war nur für sie. Genau so, wie ein zweiter erster Kuss sein sollte.

25. KAPITEL

Fonda saß beim Abendessen und beugte sich über ihren Teller, auf dem etwas lag, das bemerkenswerte Ähnlichkeit mit einem Hockey-Puck aufwies. Aber sie roch nur die Vanilleduftkerzen, die ihre Schwestern den ganzen Tag über hatten brennen lassen, um den Gestank nach Zwiebeldip-Rülpsern zu übertünchen, der seit der Party im ganzen Haus hing. Fonda blickte durchs Küchenfenster auf die dunkle, menschenleere Straße. Wieso brauchte ihre Mutter nur so lange?

»Winfrey, diesmal hast du dich echt selbst übertroffen«, sagte Amelia, während sie in ihrer verkohlten Frikadelle und den blauen Kartoffeln herumstocherte, die es nach einer Runde in der Mikrowelle ein zweites Mal auf den Tisch geschafft hatten.

»Nicht anfassen!«, fauchte Winfrey. »Wir warten noch auf Joan.«

Autoscheinwerfer durchschnitten das Dunkel.

Winfrey richtete sich auf. »Mom kommt!«

»Servietten auf den Schoß!«, befahl Amelia.

»Wieso stresst ihr euch überhaupt so rein? Sie erfährt nichts von der Party«, sagte Fonda. »Das Haus sieht toll aus.«

»Allerdings nicht dank deiner Hilfe«, zischte Winfrey.

»Ich war gestern Abend doch gar nicht hier.«

»Aber wir sind ein Team«, verkündete Amelia. »Und das heißt, wir sollten einander helfen.«

»Tolles Team«, brummte Fonda. »Ihr habt meine Freunde und mich von eurer Party ausgeladen.«

»Weil du praktisch darum gebettelt hast«, sagte Winfrey.

Sie hat recht, das hab ich. Aber trotzdem. Ein Team? Seit wann das denn?

»Stimmt, und ich bin froh, dass ich nicht dabei sein musste«, sagte Fonda, statt sich zu entschuldigen.

»Seit wann bist du eigentlich so aggro?«, fragte Amelia.

Kurz überlegte Fonda zu antworten, dass sie es satthatte, wie ein Baby behandelt und ständig aufgezogen und runtergemacht zu werden. Dass sie ein selbstbewusstes Mädchen an der Schwelle zur Frau war und gern als solches behandelt werden wollte. Aber dann hätte sie erst recht aggro geklungen, was sie gar nicht war. Sie stand einfach für sich selbst ein, was ihre Schwestern nicht von ihr gewöhnt waren.

Und sie selbst genauso wenig.

Obwohl ihre Brüste nicht gewachsen und ihre Lippen immer noch ungeküsst waren und ihre Tage nach wie vor auf sich warten ließen, hatte sich etwas in Fonda verändert. Es hatte am Freitagabend angefangen, als sie Winfrey und Amelia die Meinung gesagt hatte, und war damit weitergegangen, dass sie Henry den Laufpass gegeben und damit den Pakt gebrochen hatte. Vielleicht lag es daran, dass es ihr nicht mehr so wichtig war, wie andere sie sahen, und sie immer mehr sich *selbst* sah. Und vielleicht – aber nur ganz vielleicht – mochte sie sogar, was sie da sah.

Doch anstatt irgendetwas zu erklären, sagte Fonda einfach: »Ich verzeihe euch.«

»*Du* verzeihst *uns?*«, giftete Winfrey. »Was haben wir denn bitte getan?«

Fonda hakte einen Finger unter ihre Freundschaftsarmbänder. »Das spielt keine Rolle mehr. Schwamm drüber, lasst uns die Vergangenheit vergessen.«

»Vielleicht ist sie ja gar nicht aggro, sondern übermäßig entspannt«, sagte Amelia zu Winfrey.

»Kann sein, jedenfalls stimmt hier was nicht«, brummte Winfrey. Dann fuhr sie an Fonda gewandt fort: »Hat Rocket Raccoon dir einen Antrag gemacht?«

»Win, kann es vielleicht sein, dass sie einen Jungen mag?«, sagte Amelia und grinste. »Ich meine einen richtigen, einen aus Fleisch und Blut.«

»Aaah!«, quiekte Winfrey. »Hat unsere kleine Fonzie einen Jungen geküsst?«

»Nein. Hätte ich aber machen können.«

»Hast du kalte Füße bekommen?«, fragte Winfrey.

»Nö.«

»Eine Erkältung?«

»Nö.«

»Und wieso hast du es dann nicht gemacht?«

»Ich war noch nicht so weit«, entgegnete Fonda voller Stolz.

Sie wartete darauf, dass ihre Schwestern sie auslachten und damit aufzogen. Doch stattdessen wurden ihre Mienen weich und warm wie Sonnenstrahlen nach einem Gewitter.

»Ich war erst mit vierzehn so weit«, sagte Amelia.

»Du *bist* vierzehn.«

»Vierzehneinhalb.«

»Ich war an meinem dreizehnten Geburtstag so weit«, erzählte Winfrey. »Aber jeder ist anders. Man ist erst so weit, wenn man so weit ist, es ist sinnlos, was dran ändern zu wollen. Dasselbe gilt für Make-up-Tragen, Shortboard-Surfen und Sashimi-Essen. Wenn der richtige Zeitpunkt gekommen ist, spürt man es einfach.«

Fonda nickte. Sie konnte kaum glauben, dass Winfrey gerade echte Menschlichkeit zeigte. Und sie wollte mehr davon.

Aber es klingelte an der Tür. Ihre Zeit war um.

»Das ist Joan!« Winfrey wedelte wild mit einem Räucherstäbchen herum.

»Wieso sollte Mom hier klingeln?«, fragte Amelia.

»Ist doch egal. Vielleicht hat sie ihren Hausschlüssel vergessen. Servietten wieder auf den Schoß!«

Ohne auf sie zu achten, lief Fonda los, um ihre Mutter zu begrüßen.

Aber es war nicht Joan.

Es war Ruthie.

»Ich hab's getan!«, verkündete sie und lief aufgeregt mit den Armen wedelnd an Fonda vorbei ins Haus. »Ich hab die Wahrheit und nichts als die Wahrheit gesagt, und …« Als sie Winfrey und Amelia stocksteif am Tisch sitzen sah, legte sie eine Vollbremsung ein. »Oh, Entschuldigung. Störe ich etwa?«

»Nein, alles in Ordnung. *Die beiden* sind in Ordnung«, sagte Fonda.

Ruthie hob ihre Augenbrauen. *Seit wann das denn?*

»Schieß los«, drängelte Fonda. »Was ist passiert?«

»Popcornmädchen ist nur eine Freundin, Owen findet, wir sind ein Semikolon, und wir haben Händchen gehalten!«

Winfrey und Amelia wechselten einen verwirrten Blick.

Da klingelte es wieder.

»Joan!«, rief Winfrey. »Oh, Mist, da liegt noch ein Dorito neben dem Herd. Ruthie, los, schmeiß ihn weg!«

»Aber …«

»Jetzt!«, blaffte Amelia.

Fonda lief wieder los, um die Tür aufzumachen. Es war Drew.

»Die Schleifpapierzunge kam von den Atomic Sours!«, rief sie und rannte an Fonda vorbei ins Haus. Auch sie legte eine Vollbremsung ein, aber nicht, weil sie Amelia und Winfrey gesehen hatte, sondern weil sie Ruthie entdeckte. »Darf ich den Dorito essen? Ich bin am Verhungern!«

Ruthie reichte ihn ihr.

Drew aß ihn.

Winfrey und Amelia wechselten einen entsetzten Blick.

»Dann ist zwischen Will und dir also wieder alles gut?«

Drew streckte einen Daumen hoch. »Alles glatt gelaufen, wenn du verstehst.«

Fonda und Ruthie schlangen die Arme um Drew und sprangen vor Freude auf und ab.

»Bemitleidenswert«, sagte Winfrey und verdrehte die Augen.

»Mittelschülerinnen«, fügte Amelia seufzend hinzu.

Aber Fonda lachte einfach weiter. Dann hielten ihre Schwestern die Nesties eben für bemitleidenswerte Spinnerinnen. Sie waren ja auch welche! Und das war das Beste überhaupt.

Joan kam hüstelnd in die Küche. »Was ist denn hier los? Und wieso riecht es nach Zwiebeln und Räucherstäbchen?« Sie stellte eine XXL-Pizzaschachtel auf den Tisch. Fonda war hin- und hergerissen: Sollte sie erst die Schachtel oder ihre Mutter umarmen?

»Mom!«, rief sie schließlich und lief auf Joan zu.

»Na, zumindest eine hier freut sich, mich zu seh…«

Fonda klappte den Pizzaschachteldeckel hoch.

»Oh, Winfrey, wenn ich gewusst hätte, dass du kochst …« Joan zog ein bedauerndes Gesicht. »Wir können uns die Pizza ja auch für einen anderen Abend aufhe…«

»NEIN!«, brüllten alle im Chor, inklusive Winfrey. »Dürfen Drew und Ruthie zum Essen bleiben?«, fragte Fonda.

»Natürlich«, sagte Joan, und sie setzten sich um den Tisch.

Fonda beugte sich zu Joan rüber und flüsterte: »Danke für die Pizza.«

»Danke, dass du mir geschrieben hast, dass ich eine mitbringen soll«, flüsterte Joan zurück. »Sind das da drüben blaue Kartoffeln?«

»Jupp.«

»Und sind das Po-Abdrücke auf meinem Flachbildfernseher?«

»Jupp.«

»Will ich mehr wissen?«

Fonda nahm einen riesigen Bissen Pizza. »Nö.« Warmes Öl tropfte ihr über die Finger, saftige Pizza füllte ihre Seele. Dann …

Autsch!

Wie aus dem Nichts bekam sie einen Bauchkrampf. *Hm.* Normalerweise hatte sie in schönen Momenten wie diesem ein wohliges Kribbeln im Bauch, statt dass sich Stahlklauen in ihre Eingeweide krallten. Trotzdem nahm sie noch einen Bissen. Ihr Magen hatte nach der tagelangen Mangelernährung vermutlich einfach Probleme, sich wieder an richtiges Essen zu gewöhnen.

Doch schnell folgte der nächste Krampf.

»Ich komm gleich wieder«, verkündete Fonda und lief zum Klo.

Drinnen schloss sie ab, zog sich die Jeans herunter und …

War das da Blut in ihrer Unterhose?

Hatte sie eine Blinddarmentzündung? Oder vielleicht Reizdarmsyndrom? Ihr Herz hämmerte los, und ihr wurde schwindelig. Sie war doch noch viel zu jung, um zu sterben!

Außer natürlich …

Sie überlegte, wie oft sie diese Woche Bauchkrämpfe gehabt hatte. Und wie stark sie sich auf einmal fühlte.

War es möglich?

Wieder schaute Fonda in ihre Unterhose.

Ja, war es!

Tränen stiegen ihr in die Augen.

Endlich!

Und alle Menschen, denen sie davon erzählen wollte, saßen nebenan gemeinsam an einem Tisch.

Als Fonda in die Küche zurückkehrte, zeigte Drew gerade Winfrey und Amelia, wie man mit Kartoffeln jonglierte, und Ruthie löcherte Joan über ihren Vortrag.

»Alles in Ordnung?«, fragte ihre Mutter, als sie Fonda bemerkte.

»Mir geht's bestens.« Fonda lächelte geziert. »Kann sein, dass es mir *tage*lang nicht besser ging.«

»Wie schön«, sagte Joan.

»Weißt du, irgendwie fühle ich mich ein bisschen anders als noch vor ein paar *Tagen*.«

»Älter?«, fragte Joan. »Wie meinst du das?«

»Als ob ich die *Tage* erwachsener geworden bin.«

Winfrey ließ die Kartoffeln, mit denen sie gerade jongliert hatte, auf den Boden fallen. »Hast du deine Tage bekommen?«

»Moment, was?«, sagte Joan.

Fonda nickte. Wieder stiegen ihr Freudentränen in die Augen.

»Was für ein *Tag!*«, rief Drew.

»*Tage* wie diesen sollte man feiern!«, fügte Ruthie hinzu.

»Soll ich dir eine Binde holen?«, fragte Amelia.

»Nicht nötig«, sagte Fonda. »Ich hab alles, was ich brauche.«

Sie sprang wieder vom Tisch auf, lief in ihr Zimmer und holte ihr Tagetäschchen aus ihrem Rucksack. Das arme Ding. Monatelang hatte es ungenutzt vor sich hin gedämmert. Aber jetzt war sein großer Augenblick gekommen!

Als sie in die Küche zurückkam, holte Joan gerade die nötigen Zutaten aus dem Küchenschrank, um zur Feier des Tages einen Kuchen zu backen. Winfrey und Amelia boten Fonda an, ihr zu zeigen, wie man sich möglichst bequem anzog. Und Drew und Ruthie bombardierten sie mit Fragen – Fragen, die Fonda endlich beantworten konnte. Weil sie jetzt Erfahrung hatte. Vielleicht nicht mit ersten Küssen, aber mit den ersten Tagen.

Und das Timing hätte besser nicht sein können.

DANKSAGUNG

Hi! Na, hast du echt gedacht, du bist mich schon los? Tja, da bin ich immer noch. Und um ehrlich zu sein, bin ich ein bisschen traurig. Ich liebe die Figuren in diesem Buch und vermisse sie jetzt schon. Sie sind liebenswerte Menschen mit hehren Absichten, die ununterbrochen Mist bauen. So wie wir alle. (Zum Beweis braucht ihr nur meine Widmung zu lesen.)

Mit den Jahren ist mir bewusst geworden, dass nicht zählt, was für Fehler man macht, sondern wie man nachher damit umgeht. Hast du dich behaupten können? Etwas daraus gelernt? Wirst du es nächstes Mal besser machen? Hast du dir verzeihen können? Wenn du diese Fragen mit Ja beantworten kannst, dann machst du die richtigen Fehler. Mehr können wir nicht verlangen. Weil wir alle nur Menschen sind. Wenn ich alles perfekt hinbekommen würde, hätte ich garantiert nicht die Hilfe der folgenden Leute gebraucht, um diesen Roman fertig zu schreiben. Und glaub mir – ich hab jeden Einzelnen wirklich *dringend* gebraucht.

Ich brauchte Jennifer Klonsky, Geschäftsführerin und Verlegerin bei Putnam Young Readers, damit jemand nur das Beste von mir erwartete.

Ich brauchte Josh Bank, Sara Shandler Banks und Lanie Davis, um diese Geschichte zu formen. (Lanie, du bist eine geniale Lektorin. Danke!)

Ich brauchte Dina Santorelli für ihre Assistenz, die ich von Herzen zu schätzen weiß, und Emmy Regal, die unermüdlich den Szenenplan aktualisiert hat.

Ich brauchte meinen Agenten Richard Abate, der mich zum Lachen brachte, als mir alles zu viel wurde, und Martha »Mafiaboss« Stevens.

Ich brauchte Jessica Jenkins und Judit Mallol, um das Cover zu designen. Nicole Rheingans für das fantastische Innenleben. Und ich brauchte wahnsinnig, wahnsinnig, wahnsinnig dringend mein Lektoratsteam aus Diane Joao und Matt Phipps.

Mom und Besteschwester, ich weiß, ihr seid die Einzigen in dieser Familie, die das hier lesen. Also seid ihr auch die Einzigen, denen ich danke. Sollte irgendwer sonst aus meiner Verwandtschaft versehentlich auf diese Seiten stoßen – meldet euch, und ich nenne euch namentlich in meinem nächsten Roman »Girl Stuff – Unterschätze niemals deine Familie«. Aber irgendwas verrät mir, dass es nie so weit kommen wird.

Vor allem aber habe ich euch gebraucht, liebe Leser und Leserinnen. Ihr schenkt den noch nicht so ganz erwachsenen Stimmen in meinem Kopf eine Daseinsberechtigung.

Danke.